中公新書 2010

長谷川櫂著

和の思想

異質のものを共存させる力

中央公論新社刊

目次

和の思想

異質のものを共存させる力

第一章　みじめな和

1

アテネ・オリンピックといえば、平泳ぎの北島康介《きたじまこうすけ》選手が初めて金メダルをとった大会として今も鮮やかに覚えているが、競泳競技が終わったあと、シンクロナイズド・スイミングを観ていて考えたことがある。

日本のデュエットのテーマはジャパニーズ・ドール（日本人形）というものだった。テレビの解説者の話を聞いていると、オリンピック予選大会でのテーマは歌舞伎だったのだという。歌舞伎の太鼓や笛の音、役者の声をとりいれた音楽に合わせてプールに浮かんだ選手たちが妙技を披露する。歌舞伎というきわめて日本的な演劇によって日本チームの存在をさまざまな国籍の審判たちに印象付けようとしたのだろう。

ところが、期待どおりの効果は上がらなかった、というか、むしろ逆効果だったらしい。たしかに日本人であれば歌舞伎を知らない人はいないのだが、あのどろどろという音曲《おんぎょく》や「ひょーっ」という役者の声が文化背景の異なる審判たちには何のことやらわからないらしい。審判の中にはあの声をジャングルの動物たちの発する奇声と勘違いしたり、首を絞《し》められる人間の断末魔《だんまつま》の叫び声かと驚いた人もいたのだという。

そこで、本番のアテネ・オリンピックでは予選大会での轍《てつ》を踏《ふ》まないよう、歌舞伎よりもっとポピュラーな日本的テーマはないかと考え、ジャパニーズ・ドールに決まった。なるほど、そろいの水着を着た二人の選手が華やかな水しぶきを上げながら、人形ぶりというのか、日本人形を思わせるしぐさをする。それを観ながら、もちろん選手の体力や技術には感嘆を惜しまなかったのだが、もっと痛切に感じたのはテーマ選びの問題だった。

たしかに歌舞伎は江戸時代に日本で生まれた、日本を代表する演劇である。徳川家《とくがわいえ》康《やす》が江戸に幕府を開いた慶長八年（一六〇三年）の春、出雲《いずも》の阿国《おくに》が京の都で歌舞伎踊りをはじめ、評判となってからというもの、四百年のあいだにあまたの台本が書かれ、観客と一体となった芝居小屋の暗がりで、役者たちがほの明かりに照らされた舞台に立ち、数々の名場面を演じて賞讃をほしいままにしてきた。今も東京の銀座の真ん中に歌舞伎座があり、京都には南座《みなみざ》があって年中、興行《こうぎょう》がかかっている。ときどきはヨーロッパやアメリカでも公演がある。たしかに、これほど日本的なテーマはない。

それにもかかわらず、日本側のもくろみが誤算に終わった原因は、運動競技の審判を務めるような人々がみな歌舞伎に詳しかったか、少なくとも一度は観たことがあったかといえば、決してそうではなかったということだろう。そこで次に白羽の矢が立ったのが日本人形だったというわけだが、たしかに人形だから奇声を発することもないので変な誤解を招く恐れはない。

そんな話を聞いて興味深く思ったのは、歌舞伎と日本人形のどちらが外国人に知られているか、あるいは日本人形よりもっと知られている日本の文化はないかなどというような問題ではない。むしろ、こうした発想の土台にある考え方、日本文化といえば、すぐに歌舞伎や日本人形を思い出し、それを日本文化、いいかえると和そのものであるかのように思いこんでいる現代の日本人の考え方についてである。

日本といえば、まるで条件反射のようにすぐ「ゲイシャ、フジヤマ」と返していた時代がある。それははじめ外国人たちが無邪気な侮蔑をこめて口にし、それをおもしろがった日本人がやはり無邪気な自嘲をこめていうようになったものだった。その「ゲイシャ、フジヤマ」が何十年かの間に無邪気どころか無意識の自嘲となって日本人の心にしみこんでしまった。それがシンクロナイズド・スイミングのテーマを決めるとき、「カブキ、ジャパニーズ・ドール」となってふたたび姿を現わしたとも思えたのである。

2

新聞に載る雑誌の広告は、その時々の人々の関心を素早く映し出していて見ているだけで飽きないものだが、ひときわ華やかな感じがするのは「家庭画報」や「婦人画報」といった女性向けの雑誌の広告である。

それらの雑誌の主要なテーマのひとつは日本的な、和風の暮らしを彩る品々であり、和食、和服、和菓子、あるいは和風建築など、頭に和とか和風とかついているものや、あえてそう銘打《めいう》たなくても明らかに和風のものが毎月、広告の見出しに並ぶ。和服と和食と和室、お茶と生け花、それに京都と歌舞伎を加えれば、こうした雑誌の守備領域がほぼ網羅できる。こうした豪華な雑誌がかなりの部数売れ、長年にわたって出版されつづけているということは、これらの雑誌が扱っている和風のものに対して女性ばかりではなく多くの人々が興味をもち、憧れを抱いているということだろう。

この和風のものはいつどのようにして生まれ、どのような事情で、ことさら和風を名のるようになったのだろうか。そして、なぜ、多くの日本人がそれに憧れを抱くようになったのだろうか。

それは明治時代にはじまった日本の近代化と深い関係がある。今から百四十年ほど前、江戸幕府に代わって明治政府がこの国を動かすようになったとき、それまでのいわゆる鎖国《さこく》体制から打って変わって、ヨーロッパやアメリカの模倣《もほう》がはじまった。政治、経済の仕組みから衣食住にいたるまで生活と文化のあらゆる分野で西洋文明の産物が大量に流入しはじめた。これが日本の近代化といわれるものだった。はっきりいってしまえば、それは西洋の模倣、西洋化にほかならなかった。

その結果、明治時代以降、欧米から新たにもたらされたもの、つまり舶来品《はくらいひん》に対して、江戸時代以前から日本にあったものは和のもの、和風のものとみなされるようになる。こうして、昔から日本にあったさまざまなものが和や和風の冠《かんむり》をかぶせて呼ばれるようになる。洋服に対して着物は和服となり、西洋料理に対して従来の料理は和食となり、西洋風の建築に対して伝統的な建築は和風建築、その内部の部屋は洋室に対して和室と呼ばれるようになった。絵は西洋の油絵に対して日本画を名のり、音曲は西洋の音楽に対して、これは和ではなく邦をかぶせて邦楽《ほうがく》を名のった。菓子はケーキやクッキーに対して和菓子になり、酒はワインやウイスキーに対して日本酒になった。

それでは江戸時代以前はどうだったかというと、どちらかといえば、異国渡来《いこくとらい》のものにこそ、南蛮《なんばん》菓子、南蛮絵、阿蘭陀《おらんだ》医学などと南蛮、阿蘭陀などという冠をかぶせて日本土着のものと区別していた。この南蛮、阿蘭陀という言葉には海の向こうから渡ってきた奇異なもの、見たこともない珍しいものへの好奇心と侮蔑が含まれていた。明治維新の三百年前、十六、七世紀の大航海《だいこうかい》時代には日本にポルトガルやスペインの船によってヨーロッパの品々が大量にもたらされた。それは現代の私たちが南蛮貿易という言葉から想像するものより、はるかに大がかりなものだったのだが、この時代でさえ、日本土着の品々に和や和風をかぶせて呼ぶことはなかった。異国渡来のものこそ南蛮、阿蘭陀という冠をかぶせて呼ばれたのである。

これが明治維新を境にして除々に逆転しはじめる。日本と日本人の中心軸が日本から西洋へ、ずれてしまったのだ。その結果、今度は日本土着の品々のほうに和や和風のレッテルが貼られることになった。明治時代以降、このようにしていくつもの和何々や和風何々が誕生する。ただ、この時点では和や和風という冠は、垢抜《あかぬ》けていて便利な舶来品に対する素朴でみすぼらしい日本土着の品々の区別のためであり、謙遜であり、ことによっては卑下《ひげ》にすぎなかった。決して憧れなどというものではなかった。

ところが、やがて江戸時代以前の日本、その文化全体が和風の文化として一括りにされるようになる。それは日本人が生み出した独自の文化として固定化され、美化され、いつの間にか、私たち日本人の懐《なつ》かしい故郷、西洋化という近代化によって失われた理想郷へと姿を変えてゆく。江戸時代以前の和風の文化がはたして日本人が独自に作り出したものであるかどうか。この問題はあらためて考えるとして、「家庭画報」や「婦人画報」のような雑誌の根強い人気は、この失われた和風の文化へのやみがたい郷愁に支えられているということになるだろう。

3

谷崎潤一郎《たにざきじゅんいちろう》が『陰翳礼讃《いんえいらいさん》』を書いたのは第二次世界大戦前の昭和八年（一九三三年）のことである。この年、ヨーロッパではヒトラーがドイツの政権の座につき、その前年、アジアでは満州《まんしゅう》国の建国が宣言された。

中央公論社の『谷崎潤一郎全集』のページにして四十ページばかりのこの随筆は日

本古来の陰翳の文化をたたえる名著といわれるが、ここに書かれていることはそう簡単に片づけられるものではない。そこには明治以来の近代化と日本古来の和風の文化、そして、西洋への憧憬と日本への郷愁に引き裂かれた谷崎、そして、日本人の姿が映し出されている。
『陰翳礼讃』の冒頭から、谷崎は日本的なものと西洋的なものの分裂に頭を悩ませている。

今日、普請道楽の人が純日本風の家屋を建てゝ住まはうとすると、電気や瓦斯や水道等の取付け方に苦心を払ひ、何とかしてそれらの施設が日本座敷と調和するやうに工夫を凝らす風があるのは、自分で家を建てた経験のない者でも、待合料理屋旅館等の座敷へ這入つてみれば常に気が付くことであらう。

純日本風の住宅を建てるのが、どんなに大変か。座敷の建具《たてぐ》は障子《しょうじ》にするか、ガラス戸にするか。明かりや暖房をどうするか。浴室は、厠《かわや》は。何をとっても西洋式にするほうが衛生的であり、便利である。しかし、その形態がどうも日本の住宅にはしっくりしない。というか、日本人の感性が違和感を感じ、拒絶するというのだ。厠を例にとると、西洋式の水洗便器はたしかに衛生的だが、あの真っ白な陶器のぴかぴかした冷やかな感触がどうもなじめない。さらに自分の排泄物を明るい光のもとで見せつけられるのがたまらない。

それにひきかえ、昔ながらの日本式の厠の何と奥ゆかしいことか。それは土の壁と木の板によって仕切られたほのかな暗がりの中にあって、静かに瞑想を誘う空間である。しかし、今さら、この東洋の暗がりの安逸《あんいつ》の世界へ戻るわけにはいかない。

そこで谷崎は考える。なぜ、こんな厄介な事態に陥《おちい》ってしまったか。それは近代科学を生み出したのが西洋文明であり、東洋はそれに匹敵するものを生み出すことができなかったからだ。このため、日本にかぎらず東洋の国々は自分たちの文明とは異質の西洋文明が生み出した近代科学を、木に竹を接《つ》ぐように受容しなければならなかった。その結果、谷崎は今、日本の伝統と西洋の文明のあいだで引き裂かれている。

では、陰翳を重んじる日本の伝統はどのようにして生れたのか。ここで谷崎は実に奇妙な、というよりも、グロテスクな結論に達している。それは私たち日本人の醜《みにく》い黄色い肌を隠すためであったというのだ。谷崎が横浜《よこはま》の山手《やまて》に住んでいたころ、外国人たち（ここでは白人のこと。谷崎が『陰翳礼讃』で使っている言葉では「白皙《はくせき》人種」）のパーティに出かけて、そこにたむろする人々を遠くから眺めていると、日本人の女性はすぐ見分けがつく。というのは、いかに白粉《おしろい》を塗っていようと、「皮膚の底に澱《よど》んでゐる暗色」を消すことができないからだ。

日本人のはどんなに白くとも、白い中に微かな翳《かげ》りがある。そのくせさう云ふ女たちは西洋人に負けないやうに、背中から二の腕から腋の下まで、露出してゐる肉体のあらゆる部分へ濃い白粉を塗ってゐるのだが、それでゐて、やっぱりその皮膚の底に澱んでゐる暗色を消すことが出来ない。ちやうど清冽な水の底にある汚物が、高い所から見下ろすとよく分るやうに、それが分る。殊に指の股だとか、小鼻の周囲だとか、襟頸だとか、背筋だとかに、どす黒い、埃の溜ったやうな隈が出来る。ところが西洋人の方は、表面が濁ってゐるやうでも底が明るく透きとほつてゐて、体ぢゆうの何処にもさう云ふ薄汚い蔭がさゝない。頭の先から指の先まで、交り気がなく冴えぐ〵と白い。だから彼等の集会の中へわれ〳〵の一人が這入り込むと、白紙に一点薄墨のしみが出来たやうで、われ〳〵が見てもその一人が眼障りのやうに思はれ、あまりいゝ気持がしないのである。

谷崎は外国人に立ち交じる日本の若い女性を「汚物」といい、「薄汚い蔭」「薄墨のしみ」という。それは何も若い女性だけのことでなく、西洋風の明るい照明のもとでは日本人は誰でも「汚物」であり「しみ」であるということだろう。その日本人の黄色い肌を隠すために日本では陰翳が重んじられるようになったというわけだ。

さらに谷崎はこう書く。

かうしてみると、嘗《かつ》て白晳人種が有色人種を排斥した心理が頷けるのであつて、白人中でも神経質な人間には、社交場裡に出来る一点のしみ、一人か二人の有色人さへが、気にならずにはゐなかつたのであらう。さう云へば、今日ではどうか知らないが、昔黒人に対する迫害が最も激しかつた南北戦争の時代には、彼等の憎しみと蔑みは単に黒人のみならず、黒人と白人との混血児、混血児同士の混血児、混血児と白人との混血児等々にまで及んだと云ふ。彼等は二分の一混血児、四分の一混血児、八分の一、十六分の一、三十二分の一混血児と云ふ風に、僅かな黒人の血の痕跡を何処までも追究して迫害しなければ已《や》まなかった。一見純粋の白人と異なるところのない、二代も三代も前の先祖に一人の黒人を有するに過ぎない混血児に対しても、彼等の執拗な眼は、ほんの少しばかりの色素がその真つ白な肌の中に潜んでゐるのを見逃さなかつた。

実に無防備な論といわなくてはならない。アメリカでの黒人差別について書いているのだが、この論理の刃はただちにアジアの有色人種、そして、谷崎自身にも降りかかってくるにちがいない。急いで付け加えなくてはならないが、谷崎は何か政治的、社会的な意図にもとづいてこんなことを書いているのではない。純粋な美の信奉《しんぼう》者として書いている。逆に谷崎にそんな配慮があれば、こんな無防備な論は展開しなかっただろう。ただ美の信奉者として無邪気に書いていることが過激な色合いを帯びてしまうのだ。

ここで谷崎は厠に対するジレンマと同じジレンマに陥っている。日本古来の厠は西洋式の水洗便器に比べて衛生的ではないが、心から安らげるのはやはり日本式の厠のほうである。これと同じように、肌の黄色い日本人は肌の白い外国人に比べると、「汚物」や「しみ」ようなものかもしれないが、谷崎が生涯をかけて愛したのは典型的な日本女性、松子《まつこ》夫人だった。何よりも日本人を「汚物」、あるいは「しみ」という当の谷崎自身、日本人にほかならないのだ。

谷崎はなぜ、このようなやりきれないジレンマに陥ってしまったのだろうか。

4

白い水洗便器を愛用しながら、昔ながらの厠への郷愁を抑えられない。白い肌の西洋の女性に憧れながら、松子夫人を最愛の人として愛している。なぜ、谷崎は西洋への憧憬と古き日本への郷愁に引き裂かれることになったか。この答えを見出すには、明治時代になって進められた日本の近代化の歴史をざっとみておかなくてはならないだろう。

元号が慶応《けいおう》から明治にあらたまり、天皇が京都から江戸に移って江戸が東京となったとき、日本の近代化、つまり西洋化を進める役割りの最初の荷《にな》い手となったのは明治維新を推進した人々であり、それは当然のことながら江戸時代に生まれた人々だった。政治家でいえば、西郷隆盛《さいごうたかもり》や大久保利通《おおくぼとしみち》といった人々である。西郷は文政《ぶんせい》十年（一八二七年）、大久保は文政十三年（一八三〇年）の生まれ、明治元年（一八六八年）には西郷が四十二歳、大久保が三十九歳だった。それにやや遅れて福沢諭吉《ふくざわゆきち》は天保《てんぽう》五年（一八三四年）、大隈重信《おおくましげのぶ》は天保九年（一八三八年）の生まれ。明治元年には福沢が三十五歳、大隈が三十一歳だった。

この日本の近代化第一世代の特徴は、彼らこそが日本の近代化の方針を決めた人々だったということだ。日本を幕藩《ばくはん》体制のままにとどめるか、日本の近代化を進めるかどうか、さらに、どのような形で進めるかという難題が彼ら第一世代の人々の判断にゆだねられた。そして、彼らは日本の近代化をイギリス、フランス、ドイツ、アメリカといった西洋の列強諸国をモデルにして進める道を選択した。

第一世代の人々はこの西洋化という近代化の方針に何の迷いもなかったはずだ。実際には選択肢はきわめてかぎられていたけれども、それは自分たちで選んだ方針だったからである。第一世代の人々はその方針に沿ってひたすらに西洋化を推進すればよかった。彼らにとって江戸時代以前の日本の文化は顧《かえり》みる価値のない東洋の一島国の土着文化にすぎず、むしろ進んで廃棄すべきものだった。これが文明開化《ぶんめいかいか》と呼ばれるものの実態だった。そこには七十年後に谷崎を悩ませる西洋への憧憬と古き日本への郷愁のジレンマなど、そもそも起こる余地がない。

次に日本の近代化の第二世代となったのは第一世代の子どもにあたる世代の人々である。彼らは自分たちで日本の近代化の方針を決めたわけでもなく、明治維新をみずから推進したわけでもない。というのは、日本の近代化をめぐり、国を二分して議論が戦わされていたとき、彼らはまだ子どもであったか、ほんの赤ん坊だったからである。文学者をあげると、坪内逍遥《つぼうちしょうよう》は横浜、長崎《ながさき》、函館《はこだて》の三つの港が外国船に開放された安政六年（一八五九年）の生まれ。明治元年には十歳。森鷗外は和宮が徳川家茂に嫁いだ文久《ぶんきゅう》二年（一八六二年）の生まれ。明治元年にはまだ七歳だった。夏目漱石《なつめそうせき》、尾崎紅葉《おざきこうよう》、幸田露伴《こうだろはん》、正岡子規《まさおかしき》はそろって慶応三年（一八六七年）の生まれ。翌明治元年には満年齢でいえば、みな一歳になった。彼らは明治という時代とともに、いいかえると、日本の近代とともに年を重ねていった近代の申し子たちである。彼らとともに明治は青春を迎え、大人になり、年老いていった。

彼らは親の世代である第一世代の人々が決めた西洋化という近代化の方針とその土台を受け継いだ、いわば、近代化の最初の遺産相続人、二代目にあたる。彼らには第一世代がもっていた近代化の方針の選択権はもはやなかった。親の築いた土台の上で西洋化という方針に沿って大いに近代化を進めることが期待されていた。

この世代の人々の特徴をよく表わしている仕事は西洋のさまざまな文献の翻訳である。彼らは驚くほど外国語ができた。なぜなら、彼らが少年、青年時代を送った明治時代の前半、日本語に翻訳された西洋の文献はほとんどなく、みな原典で読まなければならなかったからである。逍遥は『ジュリアス・シーザー』や『ハムレット』などシェイクスピアのすべての戯曲を日本語に訳した。鷗外や漱石のように明治政府の資金によってヨーロッパへ留学した人もいる。こうして学んだ外国語や外国文学を手本にして新しい日本語の書き言葉や近代的な小説や詩歌が次々に誕生することになる。

この第二世代の人々は自分たちが親の世代の跡を継いで進めている日本の西洋化に対して、ときおり疑問を感じることがあった。ただ、それがのちの谷崎のジレンマの悩みと決定的に異なるのは、近代化を推進している自分自身の行動に対する疑問であったことである。漱石はロンドン留学中、深い憂愁《ゆうしゅう》にとらわれた。彼は英文学研究という使命を帯びて文部省からここに派遣されたが、日本で文学と考えていたものとイギリスの文学との絶望的な違いに驚き、自分の研究にはたして意味があるのかと疑う。この憂愁は漱石を神経衰弱（ノイローゼ）にし、胃弱にし、やがてこの英文学者を小説家に変えてゆくことになる。

日本の近代化の第三世代は明治時代になって生まれた人々である。永井荷風《ながいかふう》は明治十二年（一八七九年）、谷崎は十九年（一八八六年）に生まれた。彼らが青春期を迎えたとき、明治という輝かしい時代はすでに後半に入り、やがて、年老いて終わろうとしていた。祖父の世代、父の世代の人々によって西洋を模倣した近代日本の枠組みは完成に近づき、揺るぎないものとなりかけていた。

谷崎が『陰翳礼讃』の冒頭に書いていたとおり、西洋文明がもたらした電気やガスや水道がすでに身のまわりに存在していた。第一世代からみると、この孫の世代にあたる人々は、こうした現実を受け入れるか、それとも拒絶するかという二者択一を迫られることになる。

荷風は徹底した反逆者である。荷風の父は文部省や内務省の官僚を務めたあと、日本郵船の重役となった人だった。いわば日本の近代化を進めてきた一人だが、荷風は実生活ではこの父親に反抗し、文学の世界では父の世代が造りあげた近代日本に背を向けて東京に残された江戸の残り香の中に閉じこもることになる。

谷崎もまた日本の近代の三代目にあたるが、荷風ほどの反逆者ではない。むしろ、西洋文明のもたらした便利で快適な世界を楽しんだ。しかし、楽しみながら日本古来の世界にやみがたい郷愁を抱いていた。

ここで大事なことは、荷風や谷崎のような第三世代の人々を悩ませたのが自分たちの外部にある、すでに近代化された日本であったことである。それは第二世代の漱石たちを悩ませたのが日本の近代化に加担する自分自身への疑問であったのと対照的である。

なぜ、このような違いが生まれたのか。漱石たちは第一世代の人々がはじめた日本の近代化を引き継いで自分たち自身が近代化を進めた。これに対して、荷風や谷崎たちの時代になると、第一世代、第二世代の人々によってすでに近代化された日本が彼らをとりまいていた。荷風や谷崎は第一世代や第二世代の人々のように自分たちで近代化を進める人ではなく、もはや後戻りできないまでに近代化された日本に生まれてしまった人だったからである。これが谷崎を悩ませたジレンマのだいたいの構造である。

5

昭和八年（一九三三年）に谷崎が『陰翳礼讃』を書いてから、すでに七十年あまりが過ぎている。これは明治時代がはじまってから『陰翳礼讃』が書かれるまでに流れた月日をすでに超えてしまっている。この七十年あまりの歳月のうちに、かつて谷崎がジレンマに悩まされた西洋への憧憬と古き日本への郷愁はどうなったか。

結論から先にいえば、『陰翳礼讃』から七十年の間に、この二つはジレンマを感じさせるものではなくなってしまった。西洋への憧憬も古き日本への郷愁もすっかり姿を変えてしまったからだ。谷崎が『陰翳礼讃』を書いたとき、すでに東京では古き日本は大正十二年（一九二三年）に起こった関東大震災によって、あらかた破壊されてしまっていた。谷崎はその後すぐ古き日本の残っている関西に移住し、その体現者であり女神である根津《ねづ》松子と出会い、『陰翳礼讃』を書いた。

しかしながら、日本全体を見わたせば、関東大震災以後も古きよき日本はまだいたるところに残っていた。これを徹底的に破壊してしまったのは第二次世界大戦であり、その後、堰《せき》を切ったように大量に押し寄せたアメリカ文化だろう。

昭和二十年（一九四五年）八月、戦争が終わったとき、この国にはアメリカ軍の空襲によって焼かれた数多くの街の廃墟と昔のままの緑の野山と田園が残されていた。

谷崎潤一郎．松子夫人と（昭和11年）

関東大震災後、古き日本のなごりをかすかにとどめていた東京、谷崎が移住した関西の都市も焼け野が原になった。広島と長崎は原子爆弾で消滅してしまった。かろうじて残されたのは京都、奈良、鎌倉という古都だった。

この戦争が古きよき日本を外から破壊したとすれば、戦後という時代は内部から侵食していった。経済成長とそれを支えたさまざまな開発は、都市だけでなく戦争でも破壊されなかった野山と田園を蝕《むしば》んでいった。東京にとどめをさしたのは昭和三十九年(一九六四年)の東京オリンピックにともなう都心の再開発だった。

戦後の日本人の生活はといえば、経済成長にともなってアメリカ風の生活様式が広まっていった。明治維新の指導者たちが日本の近代化の手本に西洋の列強諸国を掲げたとき、西洋とはいってもヨーロッパの国々を思い描いていたのだが、それがこの戦争でアメリカに敗れたことによって政治家と官僚の関心事も、ふつうの日本人の生活の手本もアメリカ一辺倒になってしまった。近代化という言葉さえ、今では古めかしいものとなり、それに代わってグローバル化という言葉が使われる。グローバル化とは直訳すれば地球化だが、地球上の国ごとに異なる生活、文化様式を統一しようとする動きのことである。これだけ聞くと、あらゆる国にとって公平であるかのように思えるかもしれないが、現実問題としてはアメリカ化にほかならない。

現代の日本人はアメリカ風の家に住み、アメリカ風の服を着て、アメリカ風に暮らしている。住まいを見れば、一軒の家やマンションの中で、畳を敷き障子を立てた和室は一間あるかどうか、あとはみな洋室である。着るものは、ふだんはみな洋服で過ごし、ふつうの人が和服を着るのは正月か、何かの行事のときくらいのものだろう。食べるものはどうかといえば、これは日本人の体質と健康の問題に直結しているので、さすがに洋食ばかりというわけにはゆかないが、それでもやはり今の日本人が口にしているものは洋風のものが多い。

こうして戦後の日本人は日本という島国に出現したアメリカで暮らしている。この東洋のアメリカでは戦前、谷崎が抱いた西洋への憧憬も古き日本への郷愁もどちらも意味を失い、消滅してしまったかにみえる。なぜなら、アメリカで暮らしていれば、そもそも西洋への憧憬など感じなくていいし、一方、古き日本はあらかた破壊し尽《つ》くされて、それを呼び戻すことなど絶望的な夢物語になってしまったからだ。七十年前、谷崎は西洋式の水洗便器にするか、日本式の厠にするか、まじめに悩んだ。ところが、現代の日本人はもはや日本式の厠という選択肢をはじめから持ち合わせていない。西洋式の水洗便器にするしかないわけだ。ここにはジレンマも悩みも存在しないかのようである。

しかし、日本人がアメリカ人になったわけではない。谷崎の時代と実態は何も変わっていないわけだ。とすれば、谷崎が感じた西洋への憧れと古き日本への郷愁はたしかに表からは姿を消したようにみえるかもしれないが、今なお日本人の心の奥で眠りつづけているにちがいない。

豪華な雑誌が毎号、特集する和風のものは今となっては古き日本の残骸《ざんがい》のようなものだろう。私たちはそれをときおり、そっと取り出しては懐かしく眺めて心の奥に眠る古き日本への郷愁を慰めるのだ。そして、歌舞伎や日本人形をシンクロナイズド・スイミングのテーマにしたように、ときにはグローバル化の進む世界に対して私たちの存在を示すためにこの残骸を引っ張り出してくることもある。

もし、和というものがそのような残骸でしかないなら、たとえば、洋風のマンションの中に一部屋だけ取り残された和室や、たまに食べる鮨や天ぷらのようなものでしかないなら、日本人はアメリカ化が猛威を振う荒海を寄る辺なく漂う哀れな人々であるといわなければならない。

はたして和とはそんなみじめなものだったのだろうか。

第二章　運動体としての和

1

伊豆《いず》の蛭ヶ小島《ひるがこじま》に流された源 頼朝《みなもとのよりとも》は平家討伐の兵を挙げたとき、伊豆山《いずさん》神社と箱根《はこね》神社に戦勝を祈願した。その甲斐あって平家を滅ぼし、鎌倉に幕府を開くと、この二つの神社に参拝することが鎌倉の代々の将軍の慣例になった。これが二所詣《にしょもうで》といわれるものである。

箱根路をわが越えくれば伊豆の海や沖の小島に波の寄るみゆ

源実朝《さねとも》

三代将軍の源実朝がこの歌を詠んだのは将軍になってはじめて二所に詣でたときのことだった。まず箱根神社にお参りし、山伝《やまづた》いに伊豆山神社まで来ると、十五歳の将軍の目の前に海が開けた。「沖の小島」とは初島《はつしま》のことだろう。

伊豆山神社のある伊豆山は熱海《あたみ》の東の海へ迫り出した大きな岩山である。かつてはこの山の中腹からお湯が湧《わ》き、熱い滝となって渚にほとばしり落ちていた。それで伊豆山神社を走湯権現《はしりゆごんげん》ともいうのである。この岩山にかかるお湯の滝は海原《うなばら》をゆく船からも眺められた。船人たちは中国の伝説にある蓬萊山《ほうらいさん》という東海に浮かぶ仙人の島のようだと思ったにちがいない。

この伊豆山の斜面にある蓬萊という旅館にときどき妻と出かけるようになったのは、もう何年か前のことになる。さかのぼって話をすると、四十代で新聞社を退社してからというもの、放っておくと一日中、家にいて原稿を書いてばかりいるものだから健康によろしくない。妻にしても毎日、夫と家にいるのはたまらない。かといって海外旅行はもちろん、国内でも遠いところへは時間がなくてゆけない。というか、ほんとうは三日以上、家を離れるのが億劫《おっくう》なのである。

そこで、どこか近くでゆっくり骨休めのできるところはないか、できれば山の中より海のそばがいいなどと探していたところに、この蓬萊という旅館の話を聞いた。家から電車でも車でも一時間しかかからないので、ここなら朝のうち原稿を書いていても、昼から出かけ、一泊して翌日夕方には家に帰ってこられる。鬱蒼《うっそう》と茂る樟《くすのき》の古木に囲まれていて、目の前には実朝の歌にある「伊豆の海」が広がっている。「沖の小島」も見える。これはいいと二人の意見が珍しく一致した。

蓬萊はいわゆる和風の旅館として知られている。たしかに三階建ての本館は骨組みこそ鉄筋コンクリートで頑丈に造られているが、室内に入ると、それは昔ながらの日本の住まいの造りである。伊豆山の斜面に建っているのだが、階段を伝って降りていったところに数戸の数寄屋《すきや》造りの離れもある。

旅館に泊まりにゆくというよりは自分の家の離れで昼寝をする気分であり、旅行ではなく日常の延長という感じなのだが、これにはおまけがあって、ここで詠んだ句が積もり積もって『富士』(ふらんす堂、二〇〇九年)という句集になった。

蓬萊の一室と目の前に広がる伊豆の海．写真：後勝彦

よき人のよき音をたて初湯かな
走り出て湯は滝となる桜かな
籐椅子にゐて草深き思ひあり
雲飛んで伊豆山の秋高きかな
夜もすがら怒濤の声や冬ごもり

櫂

最初の句はここの風呂で詠んだ句だが、この風呂についてはあとで記すことにする。

こうして、この旅館に何度かゆくうちに和風旅館、和風料理などというときの、いわゆる和のほかに、ここにはもうひとつ別の和が働いていることに気がついた。

2

蓬萊は「家庭画報」や「婦人画報」のような雑誌にも和風の旅館としてしばしば登

場する。たしかにどの部屋も畳の間であり、床の間がある。日本式の大きな風呂が二つあり、夕食も朝食も相模湾でとれる魚を中心にした日本風の料理である。部屋は季節のめぐりとともにしつらいが変わってゆく。夏に入って梅雨のころになると、座敷と縁側の間を仕切っていた障子が葭《よし》の簀戸《すど》に入れ替わる。ほの暗い廊下を通り階段を上がって、三階の簀戸を立てた部屋に通されると、その部屋が大きな樟の樹上にあるかのような感じがする。簀戸の葭のすき間から大樹の滴《したた》るような緑と海原が透けて見える。

　ところが、何度か通っているうちに、初めはみえなかったもの、単に和といってはすまされないもの、それどころか、単なる和とは相反するものがしだいにみえてきた。まず気がつくのは部屋の縁側に籐椅子と並べて置かれている透明なアクリルのティー・テーブルやロビーの暗がりの棚の上でひっそりと灯っている白麻《しろあさ》の笠をかけた電気スタンドのように、明らかに西洋風の調度である。しかし、不思議なことに、その舶来の品々がまったく違和感を感じさせることなく、周囲の畳や土の壁や床の間としっくり調和している。

さらに注意深く眺めると、日本風の空間にすっかり溶けこんでしまい、それがもともと西洋のものであったことさえ指摘されなければ気づかないものが、次々に浮かんでくる。暗がりの中で目が慣れるにつれて、それまで見えなかったものが徐々に見えてくるように。

部屋の照明は電気の配線を天井や土壁に埋めているところもあるが、天井板を伝わせているところもある。配線も乳白色の笠の中で灯る電球も、そして、もちろん電気そのものもみな西洋文明の賜物《たまもの》なのだが、この和風の空間にずっと昔からそこにそうしてあったかのように収まっている。障子を開けば、畳を敷いた縁側の外にはガラス戸が立ててあるが、この透明なガラス板も西洋で生まれたものだ。浴室の脇の洗面所には白い人工大理石の洗面台があり、壁には大きな鏡が張ってある。厠はといえば、板の床と腰壁に囲まれたほの暗い空間に最新の白い水洗式のものがすえてある。

こうした西洋文明の産物が日本風の空間に収まっているのを見て、しばらく不思議な感じにとらわれるのは、電気もガラスも白い陶器もみな谷崎潤一郎が『陰翳礼讃』の中で純日本風の家屋にはなじまないと断じ、どうにか調和させるためにあれこれ悩んだものばかりだからである。

　で、煖房の方はそれでどうやら巧く行くけれども、次に困るのは、浴室と厠である。偕楽園主人は浴槽や流しにタイルを張ることを嫌がつて、お客用の風呂場を純然たる木造にしてゐるが、経済や実用の点からは、タイルの方が万々優つてゐることは云ふ迄もない。たゞ、天井、柱、羽目板等に結構な日本材を使つた場合、一部分をあのケバケバしいタイルにしては、いかにも全体との映りが悪い。出来たてのうちはまだいゝが、追ひ〳〵年数が経つて、板や柱に木目《もくめ》の味が出て来た時分、タイルばかりが白くつる〳〵に光つてゐられたら、それこそ木に竹を接いだやうである。でも浴室は、趣味のために実用の方を幾分犠牲に供しても済むけれども、厠になると、一層厄介な問題が起るのである。

　ここで谷崎は浴室の白いタイルについて考えをめぐらせて、それは板を張った日本風の浴室にそぐわないと嘆いているが、蓬萊の透明なアクリルのテーブルや白い人工大理石の洗面台を見たら何と思うか。きっと谷崎はそれらも同じように日本風の縁側や洗面所にはそぐわないと嘆いたにちがいない。しかし、この旅館ではそれらがなごやかに周囲のものと調和している。これはどうしたことだろうか。

そうこうしているうちに、ふとあることに思い当たった。たしかに蓬萊は和風の旅館にちがいない。しかし、ここには通常、私たちが和と思っているものとは、別の和が働いているのではないだろうか。その別の和とは何か。

3

この国の人々ははるかな昔から自分のことを「わ」と呼んできた。ただ、それを書き記す文字がなかった。中国から漢字が伝わる以前のことである。これは今でも「われ」「わたくし」「わたし」という形で残っている。

日本がやがて中国の王朝と交渉するようになったとき、日本の使節団は自分たちのことを「わ」と呼んだのだろう。中国側の官僚たちはこれをおもしろがって「わ」に倭という漢字を当てて、この国を倭国、この国の人を倭人と呼ぶようになった。倭という字は人に委《ゆだ》ねると書く。身を低くして相手に従うという意味である。中国文明を築いた漢民族は黄河の流れる世界の中心に住む自分たちこそ、もっとも優れた民族であるという誇りをもっていた。そこで周辺の国々をみな蔑《さげす》んでその国名に侮蔑《ぶべつ》的な漢字を当てた。倭国も倭人もそうした蔑称である。

ところが、あるとき、この国の誰かが倭国の倭を和と改めた。この人物が天才的であったのは和は倭と同じ音でありながら、倭とはまったく違う誇り高い意味の漢字だからである。和の左側の禾は軍門に立てる標識、右の口は誓いの文書を入れる箱をさしている。つまり、和は敵対するもの同士が和議を結ぶという意味になる。

この人物が天才的であったもうひとつの理由は、和という字はこの国の文化の特徴をたった一字で表わしているからである。というのは、この国の生活と文化の根底には互いに対立するもの、相容《あいい》れないものを和解させ、調和させる力が働いているのだが、この字はその力を暗示しているからである。

和という言葉は本来、この互いに対立するものを調和させるという意味だった。そして、明治時代に国をあげて近代化という名の西洋化にとりかかるまで、長い間、この意味で使われてきた。和という字を「やわらぐ」「なごむ」「あえる」とも読むのはそのためである。「やわらぐ」とは互いの敵対心が解消すること。「なごむ」とは対立するもの同士が仲良くなること。「あえる」とは白和え、胡麻和えのように料理でよく使う言葉だが、異なるものを混ぜ合わせてなじませること。

この国の歌を昔から和歌というのは、もともとは中国の漢詩に対して、和の国の歌、和の歌、自分たちの歌という意味だった。しかし、和歌の和は自分という古い意味を響かせながらも、そこには対立するものを和ませるというもっと大きな別の意味をもっていた。九〇〇年代の初めに編纂された『古今和歌集《こきんわかしゅう》』の序に、編纂《へんさん》の中心にいた紀貫之《きのつらゆき》は次のように書いている。

やまとうたは、人の心を種として、万の言の葉とぞなれりける。世の中にある人、ことわざ繁きものなれば、心に思ふことを、見るもの聞くものにつけて、言ひ出せるなり。花に鳴く鶯《うぐいす》、水に住む蛙の声を聞けば、生きとし生けるもの、いづれか歌をよまざりける。力をも入れずして天地を動かし、目に見えぬ鬼神をもあはれと思はせ、男女の中をも和らげ、猛き武士の心をも慰むるは歌なり。

「男女の中をも和らげ」というところに和の字が見えるが、それだけが和なのではない。「力をも入れずして天地を動かし、目に見えぬ鬼神をもあはれと思はせ、男女の中をも和らげ、猛き武士の心をも慰むる」というくだり全体が和歌の和の働きである。和とは天地、鬼神、男女、武士のように互いに異質なもの、対立するもの、荒々しいものを「力をも入れずして……動かし、……あはれと思はせ、……和らげ、……慰むる」、こうした働きをいうのである。これが本来の和の姿だった。

4

明治時代になって、西洋化が進むと江戸時代以前の日本の文化とその産物をさして和と呼ぶようになった。着物を和服といい、畳の間を和室というのがそれである。この新しい意味の和は進んだ西洋に対して遅れた日本という卑下の意味を含んでいた。

歴史を振り返ると、はるか昔、中国の人々が貢物《みつぎもの》を捧《ささ》げにきた日本人をからかいと侮蔑をこめて倭と呼んだ。それをある天才が一度は和という誇り高い言葉に書き替えたにもかかわらず、その千年後、皮肉なことに今度は日本人みずから自分たちの築いてきた文化を和と呼んで卑下しはじめたことになる。この新しい意味の和は近代化が進むにつれて徐々に幅を利かせ、今や本来の和は忘れられようとしている。

身のまわりを見わたせば、近代になってから私たちが和と呼んできたものはみな生活の隅《すみ》っこに押しこめられてしまっている。現代の日本人はふだん洋服を着て、洋風の食事をし、洋風の家に住んでいる。ふつうの人にとって和服は特別のときに引っ張り出して着るだけである。和食といえば、すぐ鮨や天ぷらを思い浮かべるが、鮨にしても天ぷらにしても、多くの人にとって、むしろ、ときどき食べにゆくものにすぎない。和室はどうかといえば、一戸建てにしろマンションにしろ一室でも畳の間があればいいほうである。こうして片隅に押しこめられ、ふつうの日本人の生活からかけ離れてしまったものが和であるなら、私たち日本人はずいぶんあわれな人々であるといわなければならない。

ところが、この国には太古の昔から異質なものや対立するものを調和させるという、いわばダイナミックな運動体としての和があった。この本来の和からすれば、このような現代の生活の片隅に追いやられてしまっている和服や和食や和室などはほんとうの和とはいえない。たしかにそれは本来の和が生み出した産物にはちがいないが、不幸なことに近代以降、固定され、偶像とあがめられた和の化石であり、残骸にすぎないということになる。

では、異質なもの、対立するものを調和させるという本来の和は現代において消滅してしまったか。決してそんなことはない。それは今も私たちの生活や文化の中に脈々と生きつづけているのだが、私たちは和の残骸を懐かしがってばかりいるものだから、本来の和が目の前にあるのに気づかないだけなのだ。

近代化された西洋風のマンションの中に一室だけ残された畳の間。ふつうその畳の間だけを和の空間と呼ぶのだが、本来の和はそれとは別のものである。むしろ西洋化された住宅の中に畳の間が何の違和感もなく存在していること、これこそ本来の和の姿である。同じようにパーティで洋服の中に和服の人が立ち交じっていようと何の不思議もない。逆に結婚披露宴で和服の中に洋服の人がいても違和感はない。あるいは、西洋風の料理の中に日本料理が一皿あっても何の問題もない。白人の中に日本人がいても、あるいは逆に有色人の中に白人がいても少しも目障《めざわ》りではない。

畳の間や和服や和食そのものが和なのではなく、こうした異質のもののなごやかな共存こそが、この国で古くから和と呼ばれてきたものなのである。少し見方を変えるだけで、この国の生活や文化の中で今も活発に働く本来の和が次々にみえてくる。

5

『陰翳礼讃』の中で谷崎は西洋文明がもたらした電気やガラスやタイルが和風の住宅にはそぐわないと嘆いた。全体とのうつりが悪く、木に竹を接いだようだというのである。もし、和風の住宅というものを江戸時代以前に完成した日本住宅というふうに固定したものとして考えるなら、たしかにそうかもしれない。しかし、そのような和は、そもそも異質なもの同士を調和させるという和の力が生み出したものであり、それは近代という西洋化の時代の中で固定され、偶像とされた和の残骸にすぎない。

もし、本来の和というものの上に立って、もう一度眺め直していれば、谷崎は電気やガラスやタイルが和風住宅にそぐわないと嘆く必要はなかっただろう。むしろ、それら西洋文明の産物は和風の住宅にとって歓迎すべき異質のもの、やがて調和するはずの相容れないものとして谷崎の前に現われたにちがいない。木と竹だからだめなのではなく、木と竹だからこそおもしろいのだ。

こうみてくると、『陰翳礼讃』に書かれている谷崎の悩みや嘆きは、実は谷崎が生きたあの時代特有の悩みや嘆きであったことがわかる。『陰翳礼讃』が書かれたのは昭和八年（一九三三年）のことだが、日本の近代化がはじまった明治維新から七十年近くが過ぎたこの時代、人々はすでに近代化された日本に暮らしていた。そうした環境の中で江戸時代以前の日本とその産物は失われた和として郷愁の対象になりはじめていた。『陰翳礼讃』はまさにそのような時代に書かれ、谷崎という一人の作家を通してその時代がとりつかれていた過去の日本への郷愁を色濃く反映させることになってしまったのではなかったか。

これに対して、異質のものを調和させるという本来の和は太古の昔から現代にまで地下水脈のように途絶えることなく働きつづけている。

京都御所の南東にある仙洞御所《せんとうごしょ》は後水尾《ごみずのお》上皇のために建てられた御所である。江戸時代初め、その庭園を造った小堀遠州《こぼりえんしゅう》は遠州流茶道の始祖として名高いが、それだけにとどまらず、建築や造園にかけても当代随一の人だった。徳川家康から三代の将軍に仕えて、いくつかの城や御所の造営を取り仕切った。

遠州は仙洞御所の庭園の真ん中に縦九十メートル、幅四十メートルにも及ぶ南北に細長い池を造った。その池に瓢簞《ひょうたん》の形の小島を浮かべ、池の東西と北の岸からこの瓢簞島に橋を架けた。おもしろいのはこの池の形である。ほんの一部をのぞいて岸はすべて石段に使うような切石で直線的に仕切ってあった。自然の水際《みずぎわ》に似せたのは東南と北西のすみだけだった。

池といえば自然の砂浜や荒磯を模して造るという当時の造園の常識からすると、大胆な設計である。それは従来の日本の庭園というよりはヨーロッパの宮殿や貴族の館

仙洞御所庭園の護岸石組．切石を交ぜた石組が残る．写真：岡本茂男

にある幾何学的な形の庭園を思わせる。当時は大航海時代の最中であり、大量の西洋の文物が船で日本に運ばれてきていた。遠州は書物や図面で見た直線で仕切られた西洋の池を御所の庭に造ろうとしたのではなかったか。そこにみごとな枝ぶりの日本の松を植え、自然石を組み、瓢箪島を浮べて、西洋と日本という二つの異質のものを調和させようと企てたのではなかったろうか。

曲線と直線、自然と人工、宮廷と武家、日本とヨーロッパ。『陰翳礼讃』風にいえば、木と竹のような異質のさまざまなものが、このとき、京の都の真ん中にある御所の庭で出会い、みごとに調和した。これこそが活気ある本来の和(PAX JAPONIKA)の姿だった。惜しいことに、この庭園はその後、幾度かの火事や改修によって大幅に手が入り、今はその姿をとどめていない。池のところどころに残る切石の護岸と当時の図面からその姿を想像するしかない。

小堀遠州が仙洞御所の庭を造ってから約四百年後、建築家の隈研吾《くまけんご》は東京ミッドタウンという現代の最先端をゆく街の真ん中に和紙と桐という日本古来の自然素材を使った美術館を出現させる。平成十九年(二〇〇七年)春に開館したサントリー美術館の内部は手漉《てす》き和紙を貼った壁と桐材の格子に囲まれていて、館内に入ると、そのやわらかな光にふわりと包みこまれる。

隈はこのサントリー美術館で、四百年前、遠州が仙洞御所でやったことと逆のことをしている。遠州は江戸時代初めの日本の首都の真ん中にヨーロッパを持ちこんだのだが、隈は東京ミッドタウンという最先端の街に和紙や桐という日本古来の素材をもちこんだ。しかし、異質のもの、対立しあうものを調和させるという点において、どちらもすぐれた和の仕事なのである。

隈の著書（『自然な建築』岩波新書、二〇〇八年）によると、館内の吹き抜けの巨大な壁に貼った千二百枚もの和紙は新潟県高柳《たかやなぎ》町（柏崎《かしわざき》市高柳町）の小林康生《こばやしやすお》という和紙職人が一人で漉いたものだそうだ。その和紙は強度を上げるために柿渋《かきしぶ》と蒟蒻《こんにゃく》をお湯で溶いたものが塗りつけてあるのだという。

谷崎が『陰翳礼讃』で障子をガラス戸にしたものかどうか悩んでいたことを思い出して欲しい。

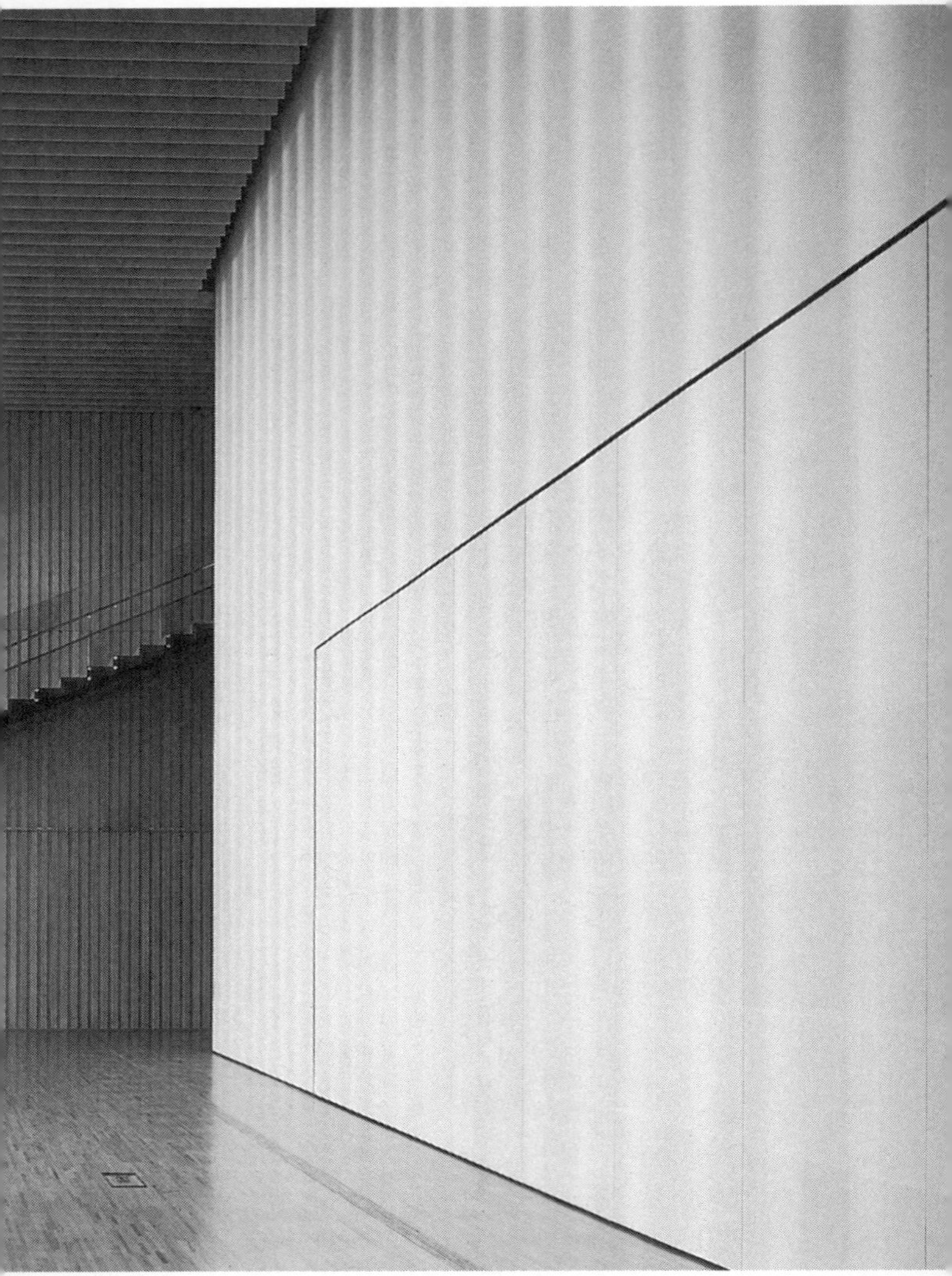

サントリー美術館の吹き抜けの空間．左側の桐材の無双格子を透ける外光が右側の和紙の壁面に柔らかな縦縞を映し出す．写真：二川幸夫／GA Photographers

たとへば障子一枚にしても、趣味から云へばガラスを嵌めたくないけれども、さうかと云つて、徹底的に紙ばかりを使はうとすれば、採光や戸締まり等の点で差支へが起る。よんどころなく内側を紙貼りにして、外側をガラス張りにする。さうするためには表と裏と桟を二重にする必要があり、従つて費用も嵩むのであるが、さてそんなにまでしてみても、外から見ればたゞのガラス戸であり、内から見れば紙のうしろにガラスがあるので、やはり本当の紙障子のやうなふつくらした柔かみがなく、イヤ味なものになりがちである。そのくらゐならたゞのガラス戸にした方がよかつたと、やつとその時に後悔するが、他人の場合は笑へても、自分の場合は、そこまでやつてみないことには中々あきらめが付きにくい。

遠州や隈の仕事を見ていると、谷崎のジレンマが何だか見当はずれのものに思えてくる。先ほど触れた隈の本にはサントリー美術館を設計する前、栃木《とちぎ》県那須《なす》郡馬頭《ばとう》町(現、那珂川《なかがわ》町馬頭)に造った広重《ひろしげ》美術館のことが書いてある。ここでも和紙の壁を計画したところが、行政側から子どもが破るという異議が出た。そこで隈は「本物の和紙の裏側にプラスチックでできた人工の和紙の裏打ちをする」ことにしたという。和紙とガラスどころか、和紙とプラスチック、まさに木に竹を接ぐような話だが、それを可能にするものこそが和なのである。この広重美術館やサントリー美術館を谷崎が見たら何と思うだろうか。

第三章　異質の共存

1

離婚の理由でいちばん多いのは性格の不一致だそうだが、考えてみると、これはおかしな理由である。ちょっと立ち止まって考えれば、すぐわかるとおり、人間はみな生まれも育った環境も違うのだから、性格といってても人によって千差万別であって結婚する二人の性格が一致することなど滅多にない。というより、ありえない。それにもかかわらず、この性格の不一致なるものが正当な離婚理由として白昼堂々と通用しているわけだから、どうやら世間には結婚は性格の一致する者同士がするものという結婚幻想がまかりとおっているということだろう。この広い世界のどこかに性格のぴたりと一致する男女がいて、そんな二人がいつの日かめぐり合って結婚する。これが実際の結婚の実態からいかにかけ離れているか。

これがただの幻想であれば何の問題もないのだが、この結婚幻想には弊害《へいがい》がある。というのは、自分たちは性格が一致するから結婚しても大丈夫だと考えている二人がいるとする。ところが、この二人が実際にいっしょに暮らして互いの違いがみえてきたとき、深い絶望にとらわれてしまうのではないか。悪くすると、私たちはもともと結婚すべきではなかったのだ、互いにこんなに違うのだから離婚しなくてはならないと早合点するかもしれない。

そんなことにならないためにも、これから結婚しようとしている人は、結婚は顔や姿が異なるように考え方も趣味も何もかも違う、いわば性格不一致の人間同士が、船が荒海《あらうみ》を乗り切るように何とかいっしょに暮らしてゆくものくらいに考えておいたほうがいい。はじめから異なる人間同士とわかっていれば、合わないところが出てきても当たり前ですんでしまう。むしろ互いに違うところがあるからこそ結婚するのではないか。自分にないものを相手がもっているから相手にひかれる。反対に性格が同じ者同士がいたとして、そんな二人が結婚して何のおもしろいことがあるだろうか。とすると、互いの違いは結婚の理由でこそあれ、離婚の理由にはならないだろう。

こんな話をするのは別に結婚という制度の擁護《ようご》をしたいからではない。ただ、世の中には結婚ばかりではなく人間は同じでなければいっしょにいられないという幻想があるからだ。私たちは考え方の同じ似た者同士が和気藹々《わきあいあい》とやっていることを人間関係の和であると勘違いしがちである。その結果、自分たちと少しでも違うところのある人が現われると、和を乱す者としていじめたり、はじき出そうとしたりする。しかし、このような似た者同士の和気藹々など、和ではなく、ただの馴《な》れあいにすぎないだろう。

前章でみてきたとおり、日本人が培ってきた和とは、異質のもの、相容れないもの同士が引き立てあいながら共存することだった。この国の人々は昔からこのような和を生活や文化のあらゆる局面で活用してきた。そして、さらに一歩進んで、このような和を積極的に生み出すことを「取り合わせ」と呼んできた。

取り合わせというと、床の間の花と掛け軸のように限られた世界の限られた約束事と思われるかもしれないが、これは床の間だけで起こることではなく、日本人の生活と文化のあらゆる場面に浸透しているひとつの基本的な考え方である。ジーンズとTシャツもカレーライスと福神漬けもテーブルと椅子もみな取り合わせで成り立っている。『陰翳礼讃』の中で谷崎潤一郎は白人のパーティに加わっている日本人の女性を「汚物」といい、「しみ」といった。しかし、見方を変えれば、さまざまな肌の色の人々が交じりあっているパーティはなごやかな和の場面であり、華やかな取り合わせの光景に変わる。

付け加えていえば、結婚も取り合わせのひとつなのだ。男と女、夫と妻もカレーライスと福神漬けのようなものなのだから、結婚するからには性格の不一致など百も承知のことでなければならない。というよりも、性格の不一致だからこそおもしろい。そんな話をそろそろ結婚適齢期を迎える息子や娘としていると、必ず妻が横合いから口を入れてくる。

「ということは、私たちは取り合わせ夫婦ということね」

ま、ここのところはとりあえず、そういうことにしておこう。

2

古池や蛙《かわづ》飛《とび》こむ水のおと　　芭蕉《ばしよう》

芭蕉のこの名句については数年前、『古池に蛙は飛びこんだか』（花神社、二〇〇五年）という本に書いたので、詳細はこの本を読んでいただきたいのだが、ここでは取り合わせという観点からこの句をみておきたい。

この句は今まで「古池に蛙が飛びこんで水の音がした」と解釈されてきた。だが、これでは何のおもしろいこともないばかりか、この句が蕉風開眼《しようふうかいがん》の一句とされる理由がわからない。しかし、古池の句はほんとうはそんな句ではなく、「蛙が水に飛びこむ音を聞いて、心の中に古池の面影が広がった」という句である。この現実のただ中に心の世界を開いたということこそ、芭蕉が自分の句風、蕉風に目覚めたということであり、その後の芭蕉は生涯、心の世界を追い求めたというのが、かいつまんでいうと、この本に書いたことだった。

そう解釈する理由はいくつかあって、そのひとつは「古池や」の「や」である。この「や」は「かな」や「けり」などと同じ切字《きれじ》のひとつだが、では、切字とはどんな働きをするのかといえば、文字どおり言葉を切る、これが切字の大事な働きである。となると、この句は「古池や」で切れるわけで、今までの解釈のように「古池に蛙が飛びこんで」というふうには訳せない。いいかえると、蛙はたしかに水に飛びこんだのだが、その水はただちに古池とはいえないということになる。

では、この古池とはいったい何なのか、どこにあるのかということが問題になる。その手がかりになるのが、支考《しこう》という芭蕉の門弟の書き残した『葛《くず》の松原』という文章である。その一節に古池の句の誕生した場面が書かれている。


弥生も名残《なごり》をしき比《ころ》にやありけむ。蛙の水に落《おつ》る音しばく〵ならねば、言外の風情この筋にうかびて蛙飛《とび》こむ水の音といへる七五は得《え》給《たま》へりけり。晋子《しんし》が傍《かたわら》に侍りて、山吹といふ五文字をかふむらしめむかと、をよづけ侍るに、唯、古池とはさだまりぬ。

春も終わりのころ、蛙が水に落ちる音がときおり聞こえてくるので、芭蕉はまず「蛙飛こむ水のおと」と詠んだ。そばにいた其角《きかく》(晋子)がそれを聞いて「山吹や」と上に置いてはと提案したが、芭蕉は「古池や」と置いて、この句ができたというのである。

私たちは何となくこの句は「古池や蛙飛こむ水のおと」という言葉の順番どおりに詠まれたと思いこんでいて、それが「古池に蛙が飛びこんで」という従来の解釈の温《おん》床《しょう》になってきた。しかし、支考の『葛の松原』にはそうではなかったと書いてある。まず「蛙飛こむ水のおと」ができてから次に「古池や」ができた。

この文章の次に大事な点は、芭蕉も其角も、その場にいた誰も蛙が水に飛びこむところを、まして古池など見ていないということである。もし一座の人々の目の前で蛙が水に飛びこんだのであれば、「蛙の水に落る音しば〳〵ならねば」などという書き方はしない。蛙が水に飛びこんだ、あるいは、蛙が池に飛びこんだと書くだろう。そう書かなかったということは、芭蕉たち一座の人々は蛙が水に飛びこむ音だけを聞いていたということになる。

では、この句の古池はどこから出てきたのか。この答えの手がかりも『葛の松原』にある。芭蕉はまず「蛙飛こむ水のおと」と詠んでから何とその上に置いたものかしばらく思案した。そこで才人の其角が「山吹や」がいいのではと提案したが、芭蕉は「古池や」と定めた。ここのくだりを素直に読めば、この古池は「蛙飛こむ水のおと」の上に何と置くか考えているうちに芭蕉の心に浮かんできた、現実のどこにもない心の世界の古池ということになる。

このように「蛙飛こむ水のおと」は現実の物音であるのに対して古池は心の世界にある。これを取り合わせという観点からみると、この句は現実の世界と心の世界の取り合わせの句ということになる。ここで芭蕉は現実の物音にそれとは次元の異なる心の世界を取り合わせた。

古池の句は大いなる和の句なのである。

3

芭蕉が古池の句ではじめて心の世界を開いたというと、では、それまでの俳句は心の世界を詠んではいなかったのかと不思議に思う人がいるかもしれない。しかし、俳句の歴史をさかのぼると、芭蕉が古池の句を詠むまでの俳句は（当時は俳諧《はいかい》の発句《ほっく》といったが）芭蕉自身の句を含めて一言でいえば、言葉遊びであり、心の世界など詠むものではなかった。

うかれける人や初瀬《はっせ》の山桜　　芭蕉

この句は芭蕉が古池の句を詠んだ貞享《じょうきょう》三年（一六八六年）春の二十年ばかり前、寛《かん》文《ぶん》七年（一六六七年）春に詠んだ句だが、この句を見てすぐ思い出すのは、「小倉百人一首」にもある源俊頼《としより》の歌、

うかりける人を初瀬の山おろしよはげしかれとは祈らぬものを　源俊頼

初瀬《はせ》（奈良県桜井市《さくらい》）の長谷《はせ》観音は霊験《れいげん》あらたかな観音として昔から信仰を集めてきたが、俊頼はあるとき、ここにお参りしてある女への恋の成就を祈願した。ところが、その女は心を開くどころか、いっそう俊頼に冷たくなった。そこで、この歌を詠んだ。初瀬の観音よ、初瀬山の嵐が激しくなるようにと祈ったわけではないのに、あの人は以前にもまして私につらく当たるようになった。願いをかなえてくれなかった長谷観音への恨みの歌である。

芭蕉の句はこの歌をもじって、つれないという意味の「う（憂）かりける」を「う（浮）かれける」にし、「山おろし」を「山桜」にし、あとは「人を」を「人や」に替えて初瀬山の花盛りのにぎやかな花見の句に仕立てなおした、典型的な言葉遊びの句である。古池の句以前は芭蕉自身も芭蕉以外の俳人たちも俳句といえば、だいたいこの手のものだった。

ところが、古くから日本の文芸の主流であった和歌はどうかといえば、それは一貫して心の世界を詠むものだった。『古今和歌集』の序文で紀貫之は「やまとうたは、人の心を種として、万の言の葉とぞなれりける」「心に思ふことを、見るもの聞くものにつけて、言ひ出せるなり」と書いているが（四二ページ参照）、和歌とは一貫して「人の心を種として」「心に思ふことを、見るもの聞くものにつけて」歌うものだった。

それが古池の句の出現によって俳句も心の世界を詠む文芸、千年の歴史をもつ和歌に匹敵する文芸に生まれ変わったということになる。古池の句は蕉風開眼の句といわれるとおり、芭蕉自身にとって大事な節目であったばかりでなく、俳句という文芸そのものにとって画期的な句だった。

このことはその後の芭蕉の句を眺めてみると、いっそうはっきりする。古池の句を詠んでから元禄《げんろく》七年（一六九四年）に亡くなるまでの八年間の芭蕉の句には現実と心の世界が共存し、交じりあう古池型の句が目白押しに並んでいる。これは言葉遊びに終始していた古池以前の句と明らかな対照をなしている。

さまざまの事おもひ出す桜かな
夏草や兵《つわもの》共がゆめの跡
閑《しずか》さや岩にしみ入蟬の声
むざんやな甲《かぶと》の下のきりぎりす
京にても京なつかしやほとゝぎす
旅に病《やん》で夢は枯野《かれの》をかけ廻《めぐ》る
芭蕉

これらの句の「桜」「夏草」「岩にしみ入蟬の声」「甲の下のきりぎりす」「ほとゝぎす」「旅に病で」の部分はみな現実の世界のできごと、それ以外の部分はその現実のできごとによって引き起こされた心の世界のできごとである。とくに第三、四、五句は「蟬の声」も「きりぎりす」も「ほとゝぎす」もみな虫や鳥の鳴き声、つまり音であることに注意してもらいたい。古池の句は蛙が水に飛びこむ音を聞いて芭蕉の心に古池の面影が浮かんだという句だった。この三つの句もみなある音をきっかけにして心の世界が開けるという古池の句とまったく同じ構造の句なのだ。

最後の「旅に病で」の句は芭蕉が臨終の数日前に詠んだ句だが、この句もまた「旅に病で」の部分は芭蕉が陥ってしまったただならぬ現実であり、それにつづく「夢は枯野をかけ廻る」の部分は心の世界にほかならない。こうして芭蕉は古池の句をきっかけにして、言葉遊びの人から現実と心の取り合わせという和の世界に遊ぶ人に生まれ変わったのである。

4

古池の句以後、八年間の芭蕉の句はこのように現実と心の取り合わせなのだが、俳句の取り合わせは現実と心ばかりではない。現実と現実という同じ次元のもの同士の取り合わせもある。その典型が弟子の凡兆《ぼんちょう》の句である。

凡兆は金沢の人だが、京に出て医者として暮らしていた。芭蕉が貞享五年（一六八八年）初夏、『笈《おい》の小文《こぶみ》』の旅の帰り、京に滞在していたとき、弟子になった。その凡兆の名を忘れがたいものにしたのは二年後の元禄三年（一六九〇年）、芭蕉が俳諧撰集『猿蓑《さるみの》』の撰者に去来《きょらい》と並んで凡兆を抜擢《ばってき》したからである。『猿蓑』は翌元禄四年（一六九一年）に刊行される。

呼《よび》かへす鮒《ふな》売《うり》見えぬあられ哉
ほとゝぎす何《なに》もなき野ゝ（の）門《もん》構《がまえ》
髪《かみ》剃《そり》や一《ひと》夜《よ》に金《さ》精《び》て五《さ》月《つき》雨《あめ》
百《も》舌鳥《ず》なくや入日さし込《こむ》女《め》松原
鶯や下《げ》駄《た》の歯《は》につく小《お》田《だ》の土　　凡兆

どれも『猿蓑』に入集した取り合わせの句だが、そこに詠まれているものが匂い立つような句ばかりである。このような凡兆の取り合わせの句には芭蕉の取り合わせの句に比べて著しい特徴がある。

すでにみてきたとおり、芭蕉の句は現実と心という次元の異なるもの同士の取り合わせだったが、凡兆の句はみな現実のものともの、現実という同じ次元での取り合わせである。見失ってしまった鮒売と霰《あられ》、時鳥《ほととぎす》と門だけが残る屋敷、真っ赤に錆《さ》びた髪剃と五月雨、百舌《もず》と夕映えの赤松林、鶯と下駄の歯にくっつく柔らかな土。

この五句のうち、四句が音を詠んでいる。第一句は霰のぱらぱらと飛び散る音。第二、四、五句は時鳥、百舌、鶯という鳥たちの声。もし、芭蕉であれば、この音を契機にして一気に心の世界へ転じたかもしれないのだが、凡兆はそうしない。霰の音には鮒売の面影を、時鳥の声には廃屋の門を、百舌の叫びには夕日の松林を、そして、鶯の声には小田の土を取り合わせるのだ。

凡兆の取り合わせの句は芭蕉の取り合わせの句とは違い、現実のもの同士が和音のように響きあって匂い立つような世界を描き出す。凡兆と出会ったとき、芭蕉はすでに古池の句を詠んで蕉風に目覚め、現実と心の世界を融合するという試みを続けていた。凡兆を『猿蓑』の撰者の一人に抜擢《ばってき》したのも、自分にはないこの凡兆の世界を評価したからにちがいない。ただ凡兆の取り合わせの句がみな現実という同じ次元のものとはいっても、異質のもの同士を調和させるという取り合わせの大原則はしっかりと守られている。霰と鮒売、時鳥と門、髪剃と雨というふうに。この点では芭蕉の句も凡兆の句も変わらない。

ところが、現代の私たちが取り合わせの句を詠もうとすると、なかなかこうはゆかない。というのは、多くの人が異質なもの同士を調和させるのではなく、同質のもの、似たもの同士を並べるのが取り合わせと勘違いしているからである。たとえば、「下駄の歯につく小田の土」という句ができたとしても、その上に「春雨や」とか「たんぽぽや」と置いてしまう。

春雨や下駄の歯につく小田の土
たんぽぽや下駄の歯につく小田の土

一見、立派な句のような顔をしているが、どちらもこれでは取り合わせとはいえない。というのは、「春雨や」と置けば、ああ、春雨で土がゆるんで、それで下駄の歯についたのだなと理屈で納得してしまう。また、「たんぽぽや」でも土をすぐ連想するので、これも付きすぎといわねばならない。

どちらもケーキに羊羹を添えたような句なのだ。しかし、そのことに誰も気づかない。それどころか、似たもの同士を並べることこそ取り合わせと勘違いして、似たものを探すのに躍起《やっき》になっている。「朝日俳壇」や「NHK俳句」の場合、一度に数千句の俳句を選句するのだが、取り合わせを勘違いした句に次々に出会うことになる。これでは芭蕉の句はおろか、凡兆が「鶯や」と置いたときのような高らかで朗らかな世界は何年待とうが出現するはずがない。

これはいったいどうしたことだろうか。

5

妻の着物選びにたまに付き合わされることがあるのだが、厄介なのは帯合わせである。着物の生地が決まって、さて、それにどんな帯を合わせるかという段になると、やや険悪な空気が流れる。というのは、呉服店の主の出して見せる帯が、ことごとく着物と似たような色のものばかりだからである。着物にそれと似た色合いの帯を合わせると、何というか、めりはりがなくなって全体がぼんやりしてしまう。これが気に入らない。

「もう少し違う色の帯はありませんか」

「いや、この生地にはこの色でないと」

しまいにはこちらも店の主も疲れ果ててしまい、そこらに広げた何本もの帯を見下ろして、

「では、帯はまた今度にしましょう」ということになる。

こんなことが何度かあると、着物業界全体に着物と帯は同じ調子で合わせるものという固定観念が蔓延《まんえん》しているのではないかと疑ってしまう。いつだったか、伊豆山の旅館、蓬萊のおかみにその話をすると、おかみはこんなことをいった。

「あら、同じ色のものを合わせるというのは洋服の色の合わせ方なんですよ」

なるほど、そう考えれば納得がゆく。たしかに洋服の場合、同系色同士を合わせるほうが無難であるうえにシックにまとまる。ブラウンのスカートにベージュのセーター、グレーのスカートに黒のカーディガン、男の場合も紺のパンツにライトブルーの

ジャケット、靴が茶色ならベルトも茶色にそろえなさいなどという。逆に異なる系統の色や、まして反対色を合わせるのは危険であり、できれば避けるべきだと警告する。それは西洋の服装の長い歴史の中で生み出されたひとつの原則であるにちがいない。

ところが、昔の日本にはこれと異なる正反対の色の流儀があった。室町時代や江戸時代の屏風《びょうぶ》や浮世絵《うきよえ》などを眺めていると、そこに描かれている人々のまとっている衣装は相容れない色同士の組み合わせであり、西洋の原則からすると禁じ手の色合わせがあふれている。

江戸時代の前期、浮世絵の開祖といわれる菱川師宣《ひしかわもろのぶ》が描いた「見返り美人図」を見ると、どこへゆくところだろうか、そそくさと歩んでゆく後ろ姿の女は桜や菊の模様の紅の着物に鮮やかな緑の帯を低く結んでいる。袂《たもと》と裾からは白い襦袢《じゅばん》がのぞき、肩にはゆるく結った黒髪を垂らしている。異質の色同士の鮮やかな取り合わせといわなければならない。

同じころに描かれた「彦根屏風」には六曲一隻の金地に遊楽に耽る十五人の人物が描かれているのだが、その衣装の大胆な模様と斬新な色使いには目を見張るばかりで

「彦根屏風」六曲屏風（部分），彦根城博物館蔵，国宝

ある。小さな犬を連れた若い女の着ている小袖は絞り染めとみられる朱や黒の大きな雪輪を散らしてある。女を相手に盤双六《ばんすごろく》（バックギャモン）に興じる若者は黒い着物に鼠《ねずみ》色の細帯を締め、朱塗りの脇差を差している。袖口からちらとのぞく襦袢も朱色である。ここには西洋で培われた洋服の配色とはまったく異なる原則でちりばめられたさまざまな色が人々の衣装や道具に躍動している。

昔の日本人の色合わせが今のように同系色ばかりでなく、むしろ異質の色同士を大胆に組み合わせるものであったことがもっとよくわかるのは王朝《おうちよう》時代の襲《かさね》の色目《いろめ》だろう。これは宮中に出入りする貴族たちの、いわば衣装の色彩についての約束であり、何枚かの衣を重ねて着るときの外と内、上と下、表地と裏地の色が季節により、身分により、行事によって細かく定められていた。

もちろん、同系色のものもあるのだが、ひときわ目を引くのは異なる系統の色同士を合わせた襲の色目である。たとえば、春の桜の襲は白の表に紅の裏、夏の杜若《かきつばた》の襲は紫の表に萌黄の裏、秋の黄菊《きぎく》の襲は黄色の表に青の裏だった。どれも四季折々に咲く花の風情を色で写し取っているのだが、このようにして取り合わせたさまざまな色が女や男たちの襟元や袂からこぼれるさまはどれほど華やかであり、奥ゆかしくもあっただろうか。

試しに自分でやってみればすぐわかることだが、大胆な色の組み合わせは、それを作り出す人間の側に自信と活気がなければ、決して生み出せない。それに対して、おとなしい同系色の組み合わせは当たり障りのない無難なものを求めるときに生まれる。古い日本の絵画に描かれた人々のまとっている衣装が大胆な配色のものであるということは、当時の人々が上は雲上人《うんじょうびと》から下は遊女にいたるまで自信と活気にあふれていたということでもあるだろう。現代の着物に蔓延している同系統の色を合わせるという流儀が洋服の発想であるなら、日本人は明治維新以降、西洋文化を学ぶうちに異なる系統の色を大胆に取り合わせる日本古来の色彩感覚を麻痺させ、失ってしまったことになる。

これは何も色だけの問題ではない。日本人は明治時代以降、近代化（西洋化）に夢中のあまり、異質なもの同士の調和という、本来の和の姿を見失ってしまった。そして、万事において同質のもの同士が馴れ合っているのを和と勘違いするようになってしまったということである。赤には赤系統の色でないと合わないと考える。俳句では似たもの同士を取り合わせる。人間関係においても考え方が同じでなければ友だちにはなれないと考えている。それは今の日本人が昔の日本人のもっていた自信と活気を失ってしまったということでもあるだろう。

第四章　間の文化

1

日本には昔から生け花がある。今では海外でもイケバナという日本語がそのまま通じるが、英語にしてフラワーアレンジメントということもある。しかし、日本の生け花と外国でフラワーアレンジメントと呼ばれるものは、どこか違うのではないかと前々から思っていた。そこで、いつだったか、福島光加《ふくしまこうか》という草月流《そうげつ》の花道家に会ったとき、

「生け花とフラワーアレンジメントはどう違うのですか」と尋ねてみた。

福島は日本在住の多くの外国人に生け花を教えているだけでなく、しばしば外国に出かけて指導もしている人なので、きっとこういうことに詳しいだろうと思ったのだ。すると、たちどころに、

「フラワーアレンジメントは花によって空間を埋めようとするのですが、生け花は花によって空間を生かそうとするのです」という明快な答えが返ってきた。

そのとき、この答えは生け花とフラワーアレンジメントの違いをいいえているだけでなく、日本の文化と西洋の文化の違いにも触れているのではないかと思ったことを今でも覚えている。

福島は「花のライブ」というショーを開くことがあって、ときどき妻と見に出かけることがある。ふつう生け花といえば、すでに花瓶に生けて飾ってある花を眺めるものだが、このライブでは目の前のステージで花を生けて見せてくれるので、花がどのようにして生けられるのか、目の当たりにすることができて門外漢《もんがいかん》の私などにはおもしろい。

ライブでは二、三人の弟子もステージに上がって生けることがある。それを見てい

て師匠と弟子はこうも違うものかと思ったことがあった。というのは、師匠の福島の生ける花はどれも堂々として大きく見えるのに、弟子が生けた花は、たしかに上手にちがいないのだが、どこか小ぢんまりしてしまう。なぜ、師匠と弟子でこんな違いが出てしまうのか。それはひとえに花というもののもつ偶然の要素をかけがえのないものとしてどれだけ生かしているかどうかにかかっている。

一口に松、一口に桜といっても一枝ごとに枝ぶりや花や葉のつき方、色合いがみな違っていて同じものなどひとつもない。もちろん本番の前に花材《かざい》を調べたり、リハーサルをしたりするのだろうが、ステージに上がって実際、その花を目の前にすると、リハーサルでは気づかなかったところが急に見えてきたり、あるいは、同じ枝かと思うほどまったく違うものに見えたりすることもあるにちがいない。

弟子はステージの上でこの変幻する花を手にしたとき、もちろん緊張もあるだろうし、師匠から教わったいろいろの約束事に縛《しば》られることもあるだろうが、そのため花のそのときどきの姿が見えない。弟子が自分では見ていると思っている花はリハーサルのときに見た花であって、もはやそこにある花ではない。そうなると、目の前にある花の姿がほんとうは見えていないわけだから、花を生かそうとしても生かすことなどできないわけだ。その結果、生けられた花はどこかぎこちなく型にはめられているような窮屈な感じがし、小ぢんまりしたものになってしまう。

一方、福島の生け方を眺めていると、片時もとどまらない雲や水のように刻々と変幻する花をどう生かすか、どこをどう切り、どこにどう生ければ、その花がもっとも生きるかということだけを考えている。百人を超す観衆の目の前で自分の手にある一本の枝、一輪の花の今の姿を一瞬にして見極めると、その花の姿に応じてまさに臨機《りんき》応変《おうへん》に鋏《はさみ》を入れ、生けてゆく。生け花の難しい約束事などもはや眼中になく、すべてを忘れて花のそのときの姿を生かすことに夢中になっている。

ときには背丈より高い松や桜の枝を手にし、見上げ、まるで自分のいちばん好きな姿になりなさいと呼びかけるかのように揺らし、枝を広げてやる。ライブは高層ビルの林立する東京の真ん中で開かれているのだが、その松の枝のあった空や桜の花を吹いていた風を感じているようでもある。まるで童女が広々とした野山で花と遊んでいるような自由自在さであって観客の目にはそれがすがすがしいものに映る。

こうして生けられた花は枝の一本一本、花の一輪一輪がみなのびのびとしているばかりではなく、花の生けられた空間、東京のとあるホールの無機質な空間が、どこからか風が通い、命を宿したかのようにいきいきと輝きはじめるのだ。

生け花は花を生かすと書くのだから花を生かすのはいうまでもないが、「フラワーアレンジメントとどこが違うのか」という私の疑問に対する「花によって空間を生かす」という即答は花を生かすことによって空間を生かし、その花によって生かされた空間が今度は逆に花を生かすということなのだろう。

このように日本の生け花では空間は花によって生かすべきものであって、フラワーアレンジメントのように花で埋め尽くすものではない。花とそのまわりの空間は敵対するものではなく、互いに引き立てあうものとしてある。その花の生けられる空間とはいうまでもなく私たちが呼吸をし、生活をしている空間である。それはそのまま、間《ま》といいかえていいものなのだ。

2

日本語の間という言葉にはいくつかの意味がある。まずひとつは空間的な間である。「すき間」「間取り」というときの間であるが、基本的には物と物のあいだの何もない空間のことだ。絵画で何も描かれていない部分のことを余白《よはく》というが、これも空間的な間である。

日本の家は本来、床と柱とそれをおおう屋根でできていて、壁というものがない。これは部屋を細かく区分けし、壁で仕切り、そのうえ、鍵のかかる扉で密閉してしまう西洋の家とは異なる。西洋の個人主義はこのような個室で組み立てられた家に住んできたからこそ生まれたというのはよくわかる話である。

それでは、壁や扉で仕切る代わりに日本の家はどうするかというと、障子や襖《ふすま》や戸を立てる。「源氏物語絵巻」などに描かれた王朝時代の宮廷や貴族たちの屋敷を見ると、その室内は板戸や蔀戸《しとみど》、襖や几帳《きちょう》などさまざまな間仕切りの建具で仕切られてはいるものの、いたるところすき間だらけである。西洋の重厚な石や煉瓦《れんが》や木の壁に比べると、何という軽やかさ、はかなさだろうか。

しかも、このような建具はすべて季節のめぐりとともに入れたりはずしたりできる。冬になれば寒さを防ぐために立て、夏になれば涼を得るためにとりはずす。それだけでなく、住人の必要に応じて、ふだんは座敷、次の間、居間と分けて使っていても、いざ、大勢の客を迎えて祝宴を開くという段になると、すべてをつないで大広間にすることもできる。このように日本人は昔から自分たちの家の中の空間を自由自在につないだり切ったりして暮らしてきた。

次に時間的な間がある。「間がある」「間を置く」というように、こちらは何もない時間のことである。芝居や音楽では声や音のしない沈黙の時間のことを間という。

バッハにしてもモーツアルトにしても西洋のクラシック音楽は次から次に生まれては消えてゆくさまざまな音によって埋め尽くされている。たとえば、モーツアルトの「交響曲二十五番」などを聞いていると、息を継《つ》ぐ暇もなく、ときには息苦しい。モーツアルトは沈黙を恐れ、音楽家である以上、一瞬たりとも音のない時間を許すまいとする衝動に駆られているかのように思える。

それにひきかえ、日本古来の音曲は琴であれ笛であれ鼓であれ、音の絶え間というものがいたるところにあって長閑《のどか》なものだ。その音の絶え間では松林を吹く風の音がふとよぎることもあれば、谷川のせせらぎが聞こえてくることもあるだろう。ときには、この絶え間があまりにも長すぎて、一曲終わってしまったかと思っていると、やおら次の節がはじまるということも珍しくない。そんなふうに、いくつもの絶え間に断ち切られていても日本の音曲は成り立ってしまう。

空間的、時間的な間のほかにも、人やものごととのあいだにとる心理的な間というものもある。誰でも自分以外の人とのあいだに、たとえ相手が夫婦や家族や友人であっても長短さまざまな心理的な距離、間をとって暮らしている。このような心理的な間があってはじめて日々の暮らしを円滑に運ぶことができる。

こうして日本人は生活や文化のあらゆる分野で間を使いこなしながら暮らしている。それを上手に使えば「間に合う」「間がいい」ということになり、逆に使い方を誤れば「間違い」、間に締まりがなければ「間延び」、間を読めなければ「間抜け」になってしまう。間の使い方はこの国のもっとも基本的な掟であって、日本文化はまさに間の文化ということができるだろう。

では、この間は日本人の生活や文化の中でどのような働きをしているのだろうか。そのもっとも重要な働きは異質なもの同士の対立をやわらげ、調和させ、共存させること、つまり、和を実現させることである。早い話、互いに意見の異なる二人を狭い部屋に押しこめておけば喧嘩になるだろう。しかし、二人のあいだに十分な間をとってやれば、互いに共存できるはずだ。狭い通路に一度に大勢の人々が殺到すれば、たちまち身動きがとれなくなってパニックに陥ってしまうが、一人ずつ間遠に通してやれば何の問題も起こらない。

和とは異質のもの同士が調和し、共存することだった。この和が誕生するためになくてはならない土台が間なのである。和はこの間があってはじめて成り立つということになる。

3

鈴木理策《すずきりさく》の『Mont Sainte Victoire』（Nazraeli Press, 2004）は晩年のセザンヌが繰り返し描いた故郷プロヴァンスのサント・ヴィクトワール山の写真集である。そのなかにこの山の松を撮った写真が何枚もある。

日本でいえば、夏の瀬戸内海沿岸地方のような南フランスの明るい風光、石灰質の岩盤が崩れてできた水はけのよい砂地に生える松。写真で見るかぎり日本の野山や砂浜に生えている赤松や黒松とあまり違わない品種のように思えるが、プロヴァンスの青空にのびやかに枝を広げ、こんもりと茂り、白茶けた大地の上に細かな影を投げかけている。

セザンヌはその松を幾度となく描いた。それははじめのうちは明確な輪郭をもった樹木として、まわりの空や風や大地からはっきりと識別できるように描かれていた。ところが、歳を経るにつれて、それは画家の目の衰《おとろ》えのせいかもしれないが、輪郭を

Risaku Suzuki, *Mont Sainte Victoire*

失い、青や緑の色彩となって南フランスの青く爽やかな空や風に溶けこんでゆくのだ。

これと比べると、桃山時代、長谷川等伯《はせがわとうはく》の描いた「松林図屏風《しょうりんずびょうぶ》」の松はずいぶん違った印象である。六曲一双《ろっきょくいっそう》の画面の奥に雪をかぶった山がうっすらと描かれているので、この絵は冬の初めの松林に霧の流れているところだとか、煙雨《えんう》に煙っているところであるとかいわれているらしいが、これはどう見ても春霞《はるがすみ》のかかる松林だろう。遠くに見える白い山は冬の雪山ではなく春の雪嶺《せつれい》にちがいない。

この屏風は白い紙の地の上に濃淡の墨によって遠く近くたたずむ松が描かれていて、眺めているうちに松林の霞の中をそぞろ歩いているような気がしてくるのだが、この画家は松を描こうとしたのではなかったのではないかとしだいに思われてくる。というのは、ここに描かれている松はたしかにどれも枝ぶりがよく、霞に煙る姿もなかなか捨てがたいのだが、それより見る人の心をもっとひきつけているのは松と松のあいだの空間、霞の垂《た》れこめる余白であることに気づくからである。

この暖かな春霞の中をどこまでも歩いてゆけるなら、何という果報《かほう》だろうか。きっと画家はこの春霞を描こうとしたのにちがいない。ただ、いくら名人とはいっても霞

長谷川等伯「松林図」六曲屏風，右隻，東京国立博物館蔵，国宝

長谷川等伯「松林図」六曲屏風，左隻，東京国立博物館蔵，国宝

だけを描くことはできない。もし、そうしようと思えば、何も描かない真っ白な紙のままにしておくしかない。そこで霞を描くために松を描いたのではなかったろうか。つまり松は霞を引き立てるために描かれた。屏風に描かれているのは数本の松だが、この絵の主役は松のまわりの朦朧《もうろう》と霞む余白である。この絵を眺めていると、どうしてもそのような気がしてくるのだ。

ところが、セザンヌの絵はこんな感じはまったくしない。なぜかと考えてみると、セザンヌの絵も晩年になるほど、山も岩も松も輪郭は薄れ、色のみとなって朦朧となるところはよく似ているが、画面は絵の具で塗りこめられて余白がない。最晩年になると、塗り残しさえあるのだが、あくまで主役はサント・ヴィクトワール山であり、そこの岩であり松であって、やはり塗り残しは塗り残しにすぎない。

こうした違いの背景には、おそらく余白や沈黙というものに対する日本と西洋の考え方の違いが横たわっている。西洋絵画の場合、絵は絵である以上、絵の具で埋め尽くされていなくてはならない。なまじ余白などあれば、それは未完成の絵とみなされてしまう。芸術家は全能の神のように絵を創造するのだから、その手の及ばない余白など決してあってはならない。「松林図屏風」で等伯が描いた松の間のいきいきとした余白などはじめからありえないのだ。

西洋音楽の場合も同じで、それが音楽であるためには音で埋め尽くされていなくてはならない。沈黙など決してあってはならない。おそらくバッハもモーツアルトもそう考えていたにちがいない。

4

俳句の取り合わせを可能にしているのも間である。間があるからこそ、異質のもの同士が衝突することなく、互いに調和し、共存することができる。

古池や蛙飛こむ水のおと　　芭蕉

前章でみたように、芭蕉の古池の句は「古池に蛙が飛びこんで水の音がした」という句ではなく、「蛙が水に飛びこむ音を聞いて、心の中に古池の面影が広がった」という現実の音と心に浮かんだ古池の面影の取り合わせの句だった（六二ページ参照）。

では、なぜ、俳句という小さな器の中で現実と心という次元の異なる二つのものが互いに調和し、共存できるのかというと、この句が「古池や」のあとで切れて、ここに間が深々と開けているからである。この間の働きによって「蛙が水に飛びこむ音を聞いて、心の中に古池の面影が広がった」という現実から心の世界への奇跡的な転換が楽々と果たされる。

これに対して、古池の句が「古池に蛙が飛びこんで水の音がした」という句であるとするならば、いくら「古池や」で切れるといっても、それは形だけの切れにすぎず、ここに間はない。

凡兆の鶯の句についても同じことがいえる。

鶯や下駄の歯につく小田の土　　凡兆

この句は「鶯や」のあとで切れているが、この切れによってここに間が生まれ、その間が鶯の声と下駄の歯についた田んぼの柔らかな土という異質のものを抱きかかえ、この二つを和音のように共鳴させてしっとりと潤う春の田園を描き出す。

この句が「鶯や」ではなく、「春雨や」「たんぽぽや」では付きすぎになってしまうことはすでに書いたが（七三ページ参照）、なぜ付きすぎがよくないかというと、それでは「下駄の歯につく小田の土」と理屈でつながってしまって、ここに間が生まれないからである。付きすぎの句とは間のない句のことであり、逆に離れすぎの句は間が拡散してしまった、とりとめのない句のことである。取り合わせの俳句で付きすぎや離れすぎを戒めるのはそのどちらも間をとらえそこねているからである。

俳句はわずか十七音しかないので、いちばん短い文芸であるなどといわれるが、それは言葉だけに目を奪われるからそうなのであって、ほんとうは俳句の言葉のまわりに言葉よりはるかに雄弁な間が広がっている。俳句を詠むということは言葉だけでなく、言葉のまわりの間を切れを使って使いこなすことなのだが、俳句をはじめたばかりの人は間がみえないので、いきおい、言葉だけでものをいおうとする。その結果、俳句という小さな器に言葉を詰めこみ、窮屈な句にしてしまう。名句といわれる句は決してそんな窮屈な印象を与えない。等伯の描いた屏風の松のように豊かに広がる余白のあいだに静かにのびのびとたたずんでいるものなのだ。

このように俳句はまさしく間の文芸なのだが、俳句以上に間を駆使し、間の恩恵に浴しているのは連句《れんく》だろう。連句とは何人かで五・七・五の長句と七・七の短句を交互に連ねて一巻とする文芸の形式をいうが、合計三十六句のものを三十六歌仙にあやかって歌仙《かせん》という。

市中《いちなか》は物のにほひや夏の月　凡兆
あつしくと門《かど》く《かど》の声　芭蕉
二番草《にばんぐさ》取りも果《はた》さず穂に出《いで》て　去来

「市中の巻」といえば、俳諧選集『猿蓑』に収録された蕉門の代表的な歌仙のひとつだが、これはその出だしの三句である。この歌仙に参加した、いわゆる連衆《れんじゅ》は芭蕉と門弟の去来と凡兆の三人。連句の最初の句を発句というが、これは主が客へのもてなしの挨拶として詠むことになっている。句を次々に詠みあって、歌仙を織りなしてゆくことを「巻く」というが、この「市中の巻」は京の凡兆の家に芭蕉と去来が集まって巻いたので、ここでは主の凡兆が発句を詠んだ。こんな京の町中のむさくるしいところへ、よくおいでくださいました。涼しげな夏の月が空に昇ってきたところ。先生はさながらあの月のようですというのだ。

次に発句に対する脇は客が返礼として詠む。ここでは芭蕉が客だから芭蕉が詠んでいる。京の町の人々も暑い暑いといいながら、家の前に出て夕涼みをしていますね。この主と客の挨拶である発句と脇はどちらも京の町中のようすを詠んでいることを覚えておいて欲しい。

ところが、この脇に去来の付けた第三は京の山里の田園風景を描き出す。いつもの年なら三、四回は田んぼの草取りをするのだが、今年の夏は暑くて、まだ二回しか草取りをしていないうちに、もう稲の穂が出てしまった。この分なら秋の豊作は間違いなしというのだ。

ここでおもしろいことが起こる。それは芭蕉の脇「あつしくと門くの声」はそれまでは京の町中のようすだったが、去来の第三が付いたとたん、山里の農家の門口に変わる。農家の人々も暑い暑いといいながら、田の草取りに汗を流していると読みかえられることになる。こうしてこの歌仙の出だしの三句はたちまち京の都の内と外、洛中洛外図《らくちゅうらくがいず》を描き出す。

屏風を一面ずつ開いてゆくような、あるいは、だまし舟で遊んでいるような、こんなことが、なぜ起こるのかといえば、それは句と句のあいだにある間の働きによる。この三句についてみると、凡兆の発句に芭蕉はある間を置いて脇を付けた。この時点では芭蕉の脇は京の町中のようすにちがいないのだが、それは次にくる句しだいでは場面が変わる可能性を秘めている。

市中は物のにほひや夏の月　凡兆
あつしくと門くの声　芭蕉

その可能性に気づいた去来が山里の風景を付けると、この脇もろとも農村の風景に早変わりする。

あつしくと門くの声　芭蕉
二番草取りも果さず穂に出て　去来

この去来の第三もまた芭蕉の脇とある間を保って詠まれているので、次の句によっては読みかえられる可能性がある。

連句は前の句とのあいだに長短さまざまの間を置いて次の句を詠み、その間をさまざまに読みかえながら巻かれてゆく。逆にもしも句と句のあいだに間がなければ、いいかえると、もしも誰かが前の句に付きすぎの句を付ければ、歌仙はたちまち身動きできなくなってしまうだろう。

連句こそは間の文芸だった。芭蕉にかぎらず連句には評釈《ひょうしゃく》という作業がつきものだが、これは連句の言葉を読み解くだけでなく、句と句のあいだの間を読み解く試みでもある。俳句はこの連句の発句が独立したものなのだが、そのとき俳句は五・七・五という形式だけでなく、その形式のまとっている間も引き継いだのにちがいない。

5

銀座のセゾン劇場やかつての東京グローブ座がまだ健在だったころ、イギリスの劇団の公演をときどき家族で観に出かけた。その舞台のきれぎれの映像が今も記憶の底から浮かんでくることがある。もう何年も前のこと、東京グローブ座でザ・ヤング・ヴィック・シアター・カンパニーという劇団の『ジュリアス・シーザー』を観た。紀元前一世紀のローマを舞台とした劇なのに、二十世紀風のカーキ色の軍服やアラビア風の覆面の男たちが重い革の軍靴でガタガタと音を立てて床を歩き回る荒々しい舞台だった。

この芝居には誰でも知っている名場面がある。シーザーが暗殺者の一団に殺害される場面である。

シーザー　退《さが》れ！　貴様、オリンパスの山を持ち上げようというのか？
ディシャス　偉大なるシーザー閣下、――
シーザー　ブルータスがひざまずいてさえ、動かなかったではないか。
キャスカ　こうなれば、腕に物を言わせるのだ！
〔最初にキャスカが、続いて陰謀者一味が、そして最後にブルータスが刺す〕
シーザー　ブルータス、お前もか？　是非もない。
シナ　自由だ！　解放だ！　圧制は倒れたぞ！　早く行って、大声で触れろ、街々を怒鳴って廻るのだ！
（「ジュリアス・シーザー」中野好夫訳『世界古典文学全集　第四十一巻　シェイクスピアI』筑摩書房）

シェイクスピアのような古典演劇の場合、あらすじも名場面のせりふもだいたいわかっているのだから、その芝居を今回の演出家はどう演出するのか、あのせりふを役者たちはどう話すのか、楽しみにしながら観ることになる。『ジュリアス・シーザー』なら、この有名な場面のせりふを役者たちがどうやりとりするか、当然のことながら気になる。そこで、二階の手摺《てす》りから身を乗り出して眺めていると、まるで機関《きかん》銃《じゅう》の撃ちあいのような矢継ぎ早のせりふの掛けあい、例の「ブルータス、お前もか？」(Et tu, Brute?) という文句もほかのせりふにまぎれて聞き取れぬまま、あっという間に次の場面へなだれこんでしまった。

もしこれが日本人の役者なら、劇中随一の名場面であり、観客も期待しているのだから、せりふとせりふのあいだの間にものをいわせ、一音一音はっきりと聞き取れるように、ことによったら見得《みえ》さえ切りながら演じてみせたかもしれない。それなのにイギリス人の役者たちのこのそっけない演じ方に、半ば思わぬ肩透《かたす》かしを食らったような気持ちになり、本場のやり方はこういうものかと半ば納得しながら家に帰ってきた。伝えるべきことは言葉によって伝えなければならない、黙っていたのでは何も伝わらないと彼らは考えているのだ。

いいたいことはちゃんといいなさい、黙っていたら誰もわかってくれません。これは戦後生まれの日本人が学校で一貫して叩きこまれてきたことでもある。この戦後教育の成果といえば、日本人がみなおしゃべりになったことであり、テレビの街頭インタヴューでカメラとマイクを向けられたとき、物怖じせず堂々と自分の意見をいえるようになったことである。その一方、失ったものは沈黙の美徳と間を読む洞察力だろう。たしかに間は誰にでも通じるというわけではない。ということは、言葉などよりはるかに洗練された伝達の技術であるということでもある。

第五章　夏をむねとすべし

1

兼好法師《けんこうほうし》の『徒然草』が手放せないのは次のような話があるからである。第五十五段、まずその前段。

家《いえ》の作《つく》りやうは、夏をむねとすべし。冬は、いかなる所《ところ》にも住《す》まる。暑《あつ》き比《ころ》わろき住居《すまい》は、堪《た》へ難《がた》き事なり。

家は雨露をしのぐものだから寒さをしのぐのも大事な役目である。そこで、私たちは家は冬をむねとすべきものと思いこんでいるのだが、ここで兼好は、いや冬ではなくて夏こそ問題なのだという。ただちにその理由が書いてあって、冬はどんな家にでも住めるが、夏の暑い時分、「わろき住居」、夏向きに造られていない風通しの悪い住居というものはまったく堪えがたいものだからという。

日本という国はユーラシア大陸と太平洋に挟《はさ》まれ、冬には大陸から冷たい風が吹きつけるが、夏になると、太平洋からの湿った熱風に吹き包まれる。さらに一か月にも及ぶ梅雨の長雨の時期があり、水びたしになったところへ、梅雨が明けると、連日、太陽が照りつける。このため、日本の夏は高温であるばかりでなく、湿度が高い。暑いばかりでなく、蒸し暑い。もっと実感をこめていえば、暑苦しい。そこで「わろき住居」に住んでいれば、とんでもないことになる。

この第五十五段にはつづきがある。

深き水は、涼《すず》しげなし。浅くて流れたる、遥《はる》かに涼し。細《こま》かなる物を見るに、遣戸《やりど》は、蔀の間《しとみま》よりも明《あか》し。天井《てんじょう》の高きは、冬寒く、燈暗《ともしびくら》し。造作《ぞうさく》は、用なき所を作りたる、見るも面白く、万《よろず》の用《よう》にも立ちてよしとぞ、人の定《さだ》め合《あ》ひ侍《はんべ》りし。

深い水は涼しい感じがしない。浅くてさらさら流れているほうがはるかに涼しげである。これは庭園の泉水《せんすい》や遣《や》り水《みず》のことをいっている。細かな字などを見ようとするなら、吊り上げ式の蔀戸《しとみど》の部屋より左右に滑らせる遣り戸を立てた部屋のほうが明るい。天井の高い部屋は冬寒く、燈が暗く感じられる。家の作りは、「用なき所」、一見、何の役にも立ちそうにもない空間を設けるほうが、見た目もよく、かえって何の役にでも立つ。

これはみな夏向きに家を建てるためのいくつかの注意事項である。そして、のちに確立する日本の住宅の建て方の基本となるものばかりだろう。この蒸し暑い島国では家は長いあいだ、ここに書かれている条件を満たすようにして建てられてきた。この注目したいのは「用なき所」を設けよといっている最後の一文である。この「用なき所」とは絵画でいえば、余白にあたる部分、いわゆる間《ま》だろう。では、なぜ「用なき所」、間があるほうがいいのかといえば、何よりも夏を涼しく快適に過ごすためになくてはならないものだったからだ。そのほうがデザインとしての見た目もおもしろく、しかも「万の用」の役にも立つというのだ。

日本人の生活や文化の中で、なぜ間が大事にされるのか。なぜ日本の文化は間の文化といえるか。その答えがはっきりとここに書いてある。たしかに『徒然草』第五十五段は家の建て方について書いてある。しかし、「夏をむねとすべし」という条件は単に家の建て方だけにかぎらない。なぜなら、この蒸し暑い島国では何であれ、「夏をむね」とし、十分に間をとり、涼しげでなければ、たちまち住むのが「堪へ難き事」となってしまうからである。

こうして、この国の人々は蒸し暑い夏を何とか快適に乗り切るために間をとることを学んだ。そして、この間を生活や文化のあらゆる場面で生み出していった。その間はさまざまな異質のもの、対立しあうものを調和させ、共存させる和の力をもっている。そうなると、和を成り立たせているのもまた、その根源にさかのぼってゆけば、この島国の蒸し暑い夏ということになるだろう。『徒然草』の「夏をむねとすべし」

という文言は日本の生活と文化すべての条件だったのではないか。日本人であれば誰もが了解しているために滅多に書かれることのない隠れた常識だったのではなかろうか。

2

数年前、上野《うえの》の東京国立博物館で開かれた「書の至宝《しほう》」展の会場で、中国と日本の名筆の数々を眺めながら考えたことがある。

東晋《とうしん》の書聖《しょせい》、王羲之《おうぎし》にしても唐の褚遂良《ちょすいりょう》にしても、北宋の黄庭堅《こうていけん》にしても中国の書はどれも堂々として揺るぎない。それは書の水平軸と垂直軸がしっかりしているからである。などというと、楷書だけのことかと思われるかもしれないが、行書であれ草書であれ同じことである。一字一字はいかに崩してあろうと、それらの字がいくつも並んだとき、全体から受ける印象は変わらない。

何でもよく見たいと思うときはだいたい近づいて見るものだが、近すぎるとかえって見えなくなってしまうものもある。むしろ少し離れて眺めるほうが見えてくるものがあって、この場合もガラスケースの中に展示してある中国の書を遠くから眺めると、紙の上にまっすぐに延びる水平の線と垂直の線がありありと浮かんでくる。それは何万体もの兵馬俑《へいばよう》が地中に整然と並んでいる光景を思い起こさせる。書家たちは紙の上のこの見えない線をたどりながら一字一字をしたためていったかのようだ。

その水平の線はきっと大空と大地を区切る地平線の面影だろう。垂直の線は天上の太陽と書家を結ぶ垂直線であるにちがいない。堂々として揺るぎない水平軸と垂直軸。なるほど、これが大陸で育まれた中国の書であり、書にかぎらず、中国文化すべてに通じる基本の構図であるにちがいない。

日本の書も平安時代の初め、西暦八〇〇年代前半の三筆《さんぴつ》（空海《くうかい》、嵯峨《さが》天皇、橘逸勢《たちばなのはやなり》）のころまでは中国の書を懸命に学んでいるのだから中国の書の印象とあまり変わらない。

ところが、八〇〇年代の末近く、菅原道真《すがわらのみちざね》の進言によって遣唐使が廃止されると、書の印象はにわかに変化しはじめる。平安時代の中期の三蹟《さんせき》と呼ばれる人々、小野道《おののとう》

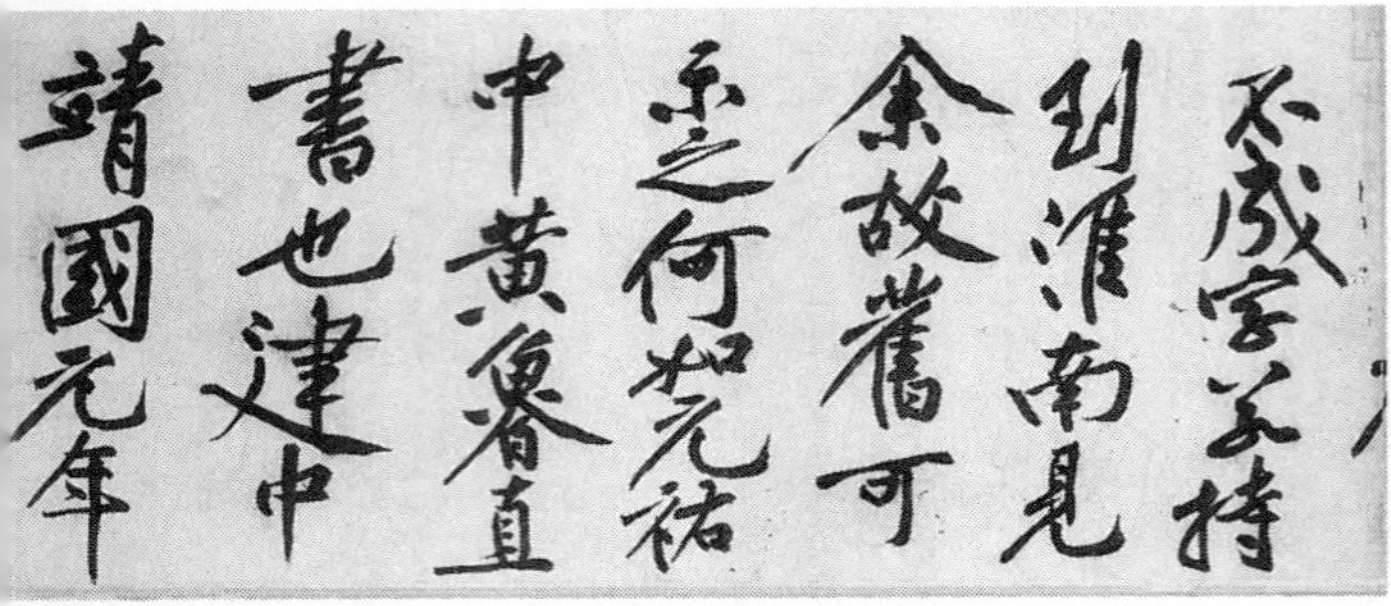
不成字等持
到淮南見
余故舊可
示之何如元祐
中黄魯直
書也建中
靖國元年

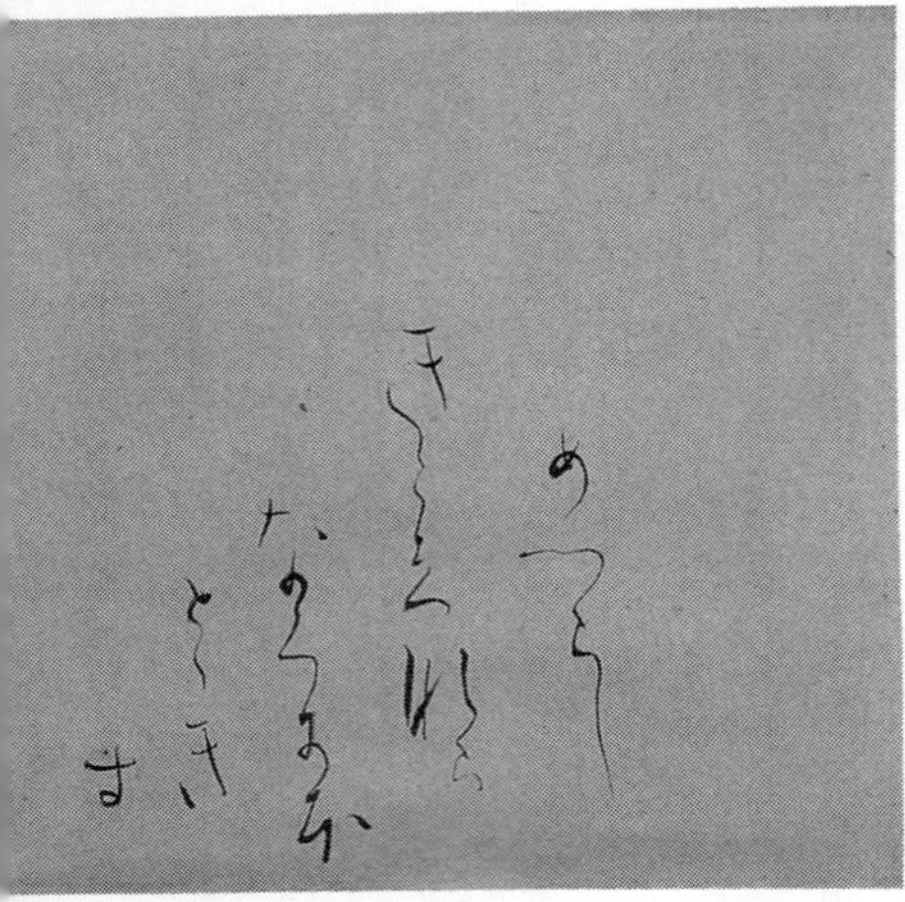

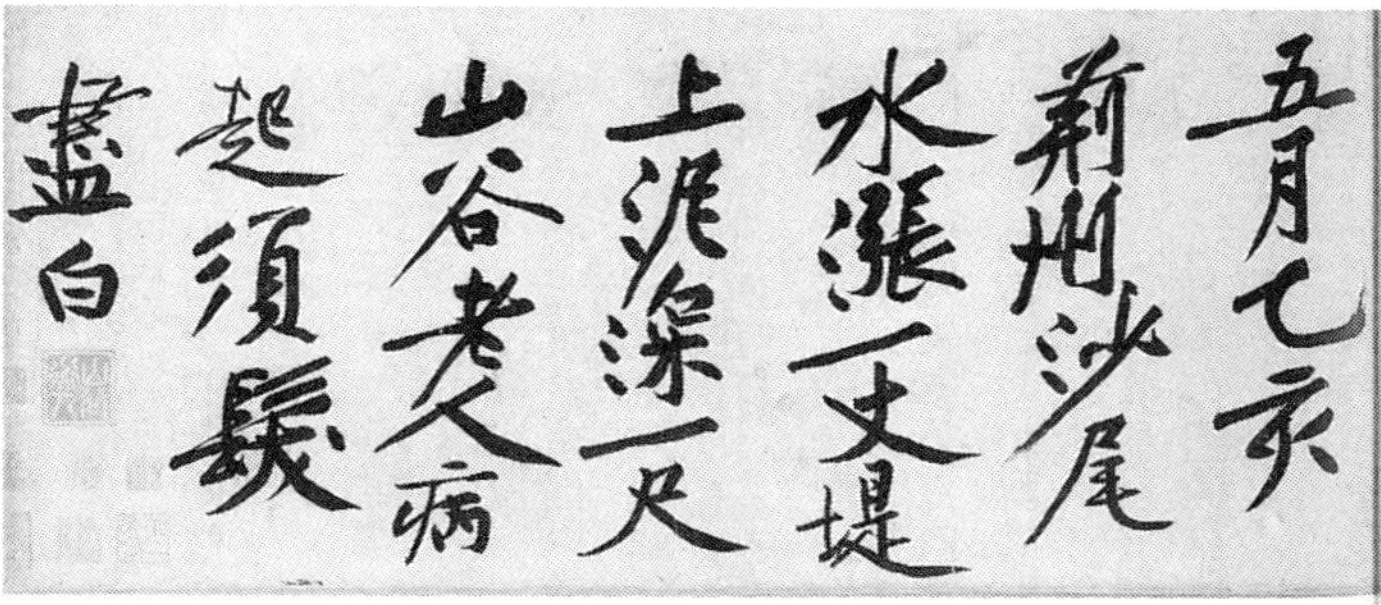

黄庭堅「伏波神祠詩巻」(部分), 永青文庫蔵, 重文

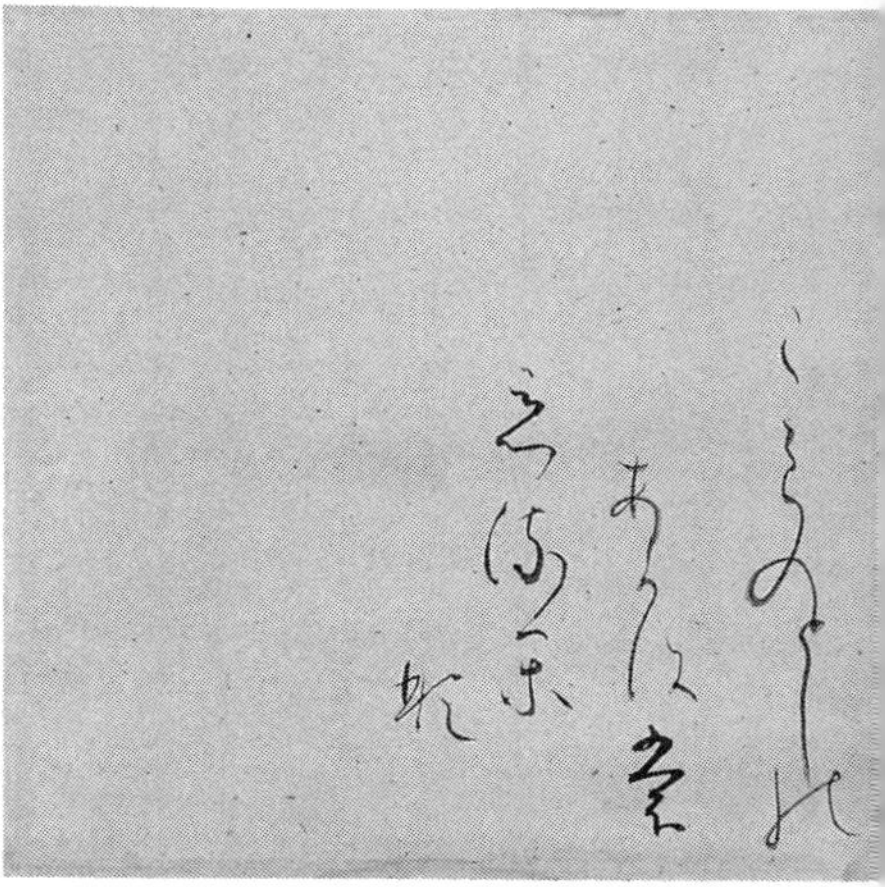

伝小野道風「継色紙」五島美術館蔵, 重文

風《ふう》、藤原佐理《ふじわらのすけまさ》、藤原行成《ゆきなり》の書を見ると、漢字も漢字から誕生した仮名も蝶か陽炎《かげろう》のように揺らめいている。

もっとも印象的なのは道風の継色紙《つぎしきし》や行成の升色紙《ますじきし》のように仮名でしたためた和歌の周囲に広々と現われる豊かな余白、つまり間である。さらに時代が下って安土桃山時代から江戸時代の初めになると、本阿弥光悦《ほんあみこうえつ》は広々と間を残して漢字と仮名で和歌を書いた。その間には俵屋宗達《たわらやそうたつ》が金銀で花鳥風月を描いた美しい下絵が浮かびあがる。

では、遣唐使の廃止以降、日本の書が揺らめきはじめるのはなぜか。おそらく日本の書がお手本の中国の書にあったまっすぐな水平軸と垂直軸をはずしてしまったからだろう。その経緯はこんなことではなかったろうか。

揺るぎない水平と垂直の線に沿って兵馬俑のように整然と漢字の並ぶ中国の書を、日本人ははじめのうちこそ真剣に学んでいたが、やがて中国の書をまねて書くこと、それを眺めることが「堪へ難き事」に思われはじめた。整然とした中国の書は寒くて乾燥した中国にはふさわしくても、蒸し暑い日本では息苦しいものに感じられるからだ。そこで日本の書家は中国の書の水平軸と垂直軸のうち、まず水平軸をとりはずした。水平軸は中国大陸の地平線の象徴だったのだが、この島国の人々は誰もそのような大陸の地平線を見たことがなかったからだ。一方、垂直軸は太陽と人間とを結ぶ垂直線の象徴だが、この島国でも太陽は昇るので日本人も垂直軸にはなじみがあった。

こうして、日本の書からまず水平軸がはずれてしまうのだが、水平軸と垂直軸は縦横に組んだ格子《こうし》のように互いに支えあっているので、水平軸がなくなると、辛うじて残された垂直軸も揺らぎはじめる。こうして平安時代の半ば、蒸し暑いこの島国でも息苦しさを感じないですむ日本の書が誕生した。

平仮名にしても片仮名にしても漢字から生まれたものだが、この仮名の誕生にも「夏をむねとすべし」という約束がかかわっていたはずだ。漢字は本来、中国語を表記するための文字だから、日本語の細やかな表現を書き表わすにはいろいろと不都合がある。そこで仮名が考案されたというのだが、もし、日本語を細やかに書き表わすだけでよいのなら、万葉《まんよう》仮名のように漢字をそのまま表音文字として使ってもよかった。

漢字から簡素な平仮名や片仮名を作り出す、その背景にはこの蒸し暑い島国で四六時中、難しい漢字を書かされたり、読まされたりするのはやはり「堪へ難き事」、暑苦しいという思いが働いていたにちがいない。

絵画でも同じことが起こる。

3

西暦九〇〇年代の初め、唐の大帝国が滅亡すると、中国は分裂時代に入る。その七十年後、ふたたび中国を統一した宋《そう》（北宋）は外からは北方の異民族に脅《おびや》かされ、内では政争に明け暮れた不安定な王朝だった。その政情の不安定さとは裏腹に、というよりも、そのゆえにというべきだろうか、黄河《こうが》南岸の開封《かいほう》の都では学問、詩文、書画などさまざまな分野で高度な文化が花開く。

この時代を象徴する人物を一人だけあげるなら、それは第八代皇帝の徽宗《きそう》その人である。若くして帝位につき、みずから優れた画家であり詩人でもあった徽宗は政治を無能な宰相《さいしょう》や身勝手な宦官《かんがん》たちに委ねると、華やかな宮廷生活に溺れた。この北宋の時代は政治の混乱、文化の開花ともに日本の室町時代によく似ている。徽宗皇帝に足利《あしかが》将軍の誰それの面影を重ねてもいいだろう。

そうこうするうち、北宋は北方で興《おこ》った女真《じょしん》族の金《きん》に攻め立てられ、徽宗は息子の欽宗《きんそう》に譲位《じょうい》せざるをえなくなる。しかし、金の攻撃は一向に収まらず、開封がついに陥落すると、欽宗や后妃や皇族とともに捕えられ、はるか北方の女真の国へ連れ去られる。そして、長い幽閉生活ののち、黒竜江《こくりゅうこう》（アムール川）の支流、松花江《しょうかこう》のほとりの五国城《ごこく》で没する。一一三五年、日本では平清盛《たいらのきよもり》がまだ若侍のころのことである。

張択端という絵描きが「清明上河図《せいめいじょうかず》」という画巻を描いたのは徽宗がまだ皇帝として開封の宮廷で華やかな生活を送っていたころのことである。開封は黄河の南岸にある古都だが、早くから運河によって南の淮河《わいが》、さらに長江《ちょうこう》と結ばれていた。ここに描かれているのも開封の郊外のとある運河にちがいない。

真ん中には大勢の人々の行き交う太鼓橋《たいこばし》がかかり、それを中心にして左右へ、大小さまざまの船の浮かぶ運河や商店や食堂や酒楼《しゅろう》の建ち並ぶ町並みが広がる。それを縫うように延びる大路小路は大勢の人々でにぎわい、馬車や牛車が行き来している。今、

張択端「清明上河図」（部分），北京故宮博物館蔵

楼門を潜って進んでゆくのは駱駝《らくだ》の列を率《ひ》いた西方の商人だ。

この「清明上河図」の特徴を一言でいえば、克明ということだろう。屋根の瓦の一枚一枚、樹木の枝の一本一本、街にたむろする人々の衣服や目鼻はいうに及ばず、食堂の卓や椅子、牛車の網代の編目、舟の腹に打たれた無数の鋲《びょう》、帆柱《ほばしら》にからまる幾条もの綱まで、画家は地上にあるものは何ひとつ見落とすまい、描き落とすまいとするかのように写しとっている。これが大陸、中国のリアリズム（写実）というものなのだ。

日本でこの「清明上河図」に相当するものといえば、室町時代から江戸時代にかけて盛んに描かれた「洛中洛外図屏風」をあげなくてはなるまい。狩野永徳《かのうえいとく》の「洛中洛外図屏風」を見ると、六曲一双の左右に祇園《ぎおん》祭の鉾《ほこ》の進む京の都が一望のもとに描き出される。ただ、この「洛中洛外図屏風」には「清明上河図」とは著しく異なる点がある。それは屏風の画面いっぱいに描かれる都の町並みのところどころを、というよりも、そのほとんどを黄金の雲がおおっていることだ。むしろ、金色に棚引《たなび》く雲の絶え間から祇園祭でにぎわう都の町並みがのぞいているというほうが当たっている。

狩野永徳「洛中洛外図」(上杉本), 六曲屏風, 右隻 (部分),
米沢市立上杉博物館蔵, 国宝

中国の「清明上河図」はありとあらゆるものを克明に描き出そうとするのに、日本の「洛中洛外図屏風」はなぜ画面の大半を黄金の雲でおおい隠してしまうのか。中国と日本の絵のこの違いはどこから生まれてくるのかと考えると、ここにもやはり「夏をむねとすべし」という約束が働いている。

狩野派をはじめとする当時の絵師たちが、五百年前の中国で描かれた「清明上河図」をまったく知らなかったはずはない。もしかすると、いくつも描かれた模写のひとつが日本にも伝わっていて絵師たちはその克明な写実に度肝を抜かれ、密かに模写に励んだかもしれない。しかし、彼らは中国の絵から学んだとおりには自分たちの絵を描かなかった。金色に輝く雲を屏風の画面いっぱいに広げると、そのほとんどをおおってしまったのである。なぜか。

もし自分たちが京の都の町並みを六曲一双の屏風に「清明上河図」のように細大漏らさず描きこめば、それを四六時中、眺めることになるこの蒸し暑い島国の住人はきっと、うんざりし、いたたまれなくなり、ついには、この屏風を蔵の奥に仕舞いこむか、売り飛ばしてしまうのではないか。大陸風の克明な写実はたしかに恐るべきものだが、蒸し暑いこの島国の人々はその克明さに堪えられない。狩野派の絵師たちは心の奥できっとそう判断した。こうして彼らは屏風の画面の大半を黄金の雲という黄金の余白でおおってしまうのである。

もし「源氏物語絵巻」の光源氏《ひかるげんじ》や紫の上《むらさきのうえ》が生き写しのように描かれていれば、どうだろうか。「源頼朝像」が顔だけでなく、衣装や背景までも生々しく描かれていたなら、どうだったか。この国ではあまりに克明に描いたのでは見る人をうんざりさせてしまいかねない。そこで絵師たちは「源氏物語絵巻」の登場人物たちを薄っぺらな紙人形のように描き、引目鉤鼻《ひきめかぎばな》というように目も鼻もたった一本の線を引くだけにした。「源頼朝像」となると、肖像画の手前、さすがに顔だけはまるで血が通っているかのように描いたが、衣装となると不釣合いなほど簡潔な直線ですませた。大事なところだけしっかり描き、あとは簡略に、できれば余白にゆだねること。これが微に入り細に入り描く中国の写実に対する日本の絵師たちの答えだった。

写実的な絵というと、明治時代になってもたらされた西洋の絵画を思い出すのだが、そのはるか昔、数百年間にわたって日本には中国の写実的な絵が流入しつづけた。その中国の写実的な絵をどのようにしてこの島国で通用する絵にするか、日本の絵師たちは数百年間、この問題と取り組んできた。明治時代以降、西洋のリアリズムをどう消化するかという問題はその応用問題にすぎなかったのである。

4

日本の書や絵に起きたことは、この国の文化だけでなく人々の生活のあらゆる分野で遠い昔から幾度となく繰り返され、今もなお起こっていることである。

中国の建物は、この島国では壁を取り払い、庇《ひさし》を深くして風通しのいいものに変わった。谷崎潤一郎は『陰翳礼讃』の中で日本に陰翳を重んじる文化が発達したのは日本人の黄色い肌を隠すためだったという奇妙な論を展開しているが（一四ページ参照）、ほんとうはこの国の夏の蒸し暑さを避けるためだった。日本人は深い庇で直射日光をさえぎり、日中もひんやりとした屋内の暗がりの中で暮らしてきたのだ。

寒さや砂塵《さじん》から体を守るために作られている大陸の衣装も、この島国では概してゆったりとしたものとなり、そのうえ、あちこちに切れ目を入れて湿気のこもらない着物になった。明治時代に西洋から渡来したスーツは本場のイギリスでもイタリアでも鎧《よろい》のように立体的にぴったりと肉体を包むものなのだが、日本人デザイナーの三宅一生《みやけいっせい》や山本耀司《やまもとようじ》がデザインすると、たちまちぞろりとした着流しの着物のような風情のものに変わる。

食べ物についていえば、日本の料理は魚や野菜など素材の味を料理人の腕によって引き出すのが鉄則である。このため、家庭でも料亭でも昔から油や砂糖をできるだけ使わないようにしてきた。それがこの高温多湿の島国で暮らす人々の体にも合っていた。というのは、このどちらも素材にべたべたとからまって、素材の味と味のあいだにある間を埋めてしまうからである。油や砂糖の多い料理を食べつづけると、ただでさえ蒸し暑い夏がいよいよ暑苦しくなる。よく夏はさっぱりしたものが食べたいというが、このさっぱりしたものとは油と砂糖を使わず、素材ひとつひとつの味がくっきりと際立った料理のことであり、それは夏だけでなく四季を通じた日本の料理の基本でもある。

挨拶の仕方をみても、外国人は互いに抱きあったり、手を握りあったり、キスをしたりするのに対して、日本人は遠くから、あるいは少し離れてお辞儀をするだけである。外国人は盛んに体を触れあって親愛の情を示そうとするが、日本人は決して体を触れあわない。なぜなら、この高温多湿の国では体を触れあうこと自体が暑苦しいからである。とくに夏には肌がべたべたしているので、そんな人同士が挨拶のたびに体を触れあっていたのでは皮膚病や伝染病に感染しやすい。それを防ぐためにも互いに体は触れあわず、離れたままでお辞儀をすることになったのにちがいない。

哲学者の九鬼周造《くきしゅうぞう》の書いた『「いき」の構造』（岩波書店、一九三〇年）はこのような日本人の生活や文化の中から生まれた「いき」（粋）というものについて考察した本である。

九鬼は永井荷風に九年、谷崎潤一郎に二年遅れて明治二十一年（一八八八年）、東京の文部官僚の家に生まれた。その九鬼も荷風や谷崎と同じく日本の近代化の第三世代の一人である。九鬼が『「いき」の構造』を書いたのは昭和五年（一九三〇年）、その三年後に谷崎は『陰翳礼讃』を書いている。

彼らが青春時代を過ごした明治時代もすでに後期、西洋の模倣をつづける日本はもはや動かしようのないものとして彼らの前に立ちはだかった。そこで第三世代の若者たちは西洋化の進む日本を受け入れるか、拒絶するかという選択を迫られる。そのなかで荷風は西洋化した日本に背を向け、東京にわずかに残る古きよき日本に沈潜した。谷崎は西洋化した日本を存分に享受しながら、西洋化によって失われた古きよき日本にやみがたい郷愁を抱きつづけた。それが谷崎にジレンマをもたらすことになった（一二一ページ参照）。

九鬼の態度はこの二人のどちらとも違っていた。哲学という西洋の学問によって日本人の精神構造を明らかにしようとする。そして、ゴシック教会のように荘厳《そうごん》な西洋の学問体系の中に位置づけ、できれば、日本人の精神性を西洋人のそれに肩を並べるものとして讃美しようとする。久鬼にとって日本は少々変わってはいるがすでに西洋的な世界に組みこまれた一部なのであり、日本人の特異なところもやがて西洋の学問の視点から解明されなければならなかった。

『「いき」の構造』の中で九鬼はドイツ哲学を援用《えんよう》しながら「いき」を分析している。

そのなかで九鬼は「いき」といわれるための条件として媚態《びたい》、意気地《いくじ》、諦《あきら》めの三つをあげたうえで、次のようにまとめる。

　要するに「いき」とは、わが国の文化を特色附けてゐる道徳的理想主義と宗教的非現実性との形相《けいそう》因によつて、質料《しつりよう》因たる媚態が自己の存在実現を完成したものであると云ふことが出来る。従つて「いき」は無上の権威を恣《ほしいまま》にし、至大《しだい》の魅力を振ふのである。〔中略〕我々は最後にこの豊かな特彩をもつ意識現象としての「いき」、理想性と非現実性とによつて自己の存在を実現する媚態としての「いき」を定義して「垢抜して（諦）、張のある（意気地）、色つぽさ（媚態）」と云ふことが出来ないであらうか。

（傍点は原著）

次々に現われる岩のように気難しい言葉の群れをどうにかかわして、最後の「垢抜けして（諦）、張のある（意気地）、色っぽさ（媚態）」というところにたどりつくとほっとする。しかし、難しい言葉を使わなくても、さらにいえば、ドイツ哲学の助けを借りなくても、日本人は昔からふつうの日本語で「いき」を定義してきた。万事において「いき」とはすっきりと涼しげであることであり、その反対の野暮とはべたべたして暑苦しいことにほかならない。「いき」も野暮もこの島国の蒸し暑い夏を抜きにしては決して生まれなかった言葉であり、考え方である。

5

「こだわる」という言葉は「こだわりの味」とか「水にこだわったコーヒー」とか、最近はいい意味で使われることが多いが、日本語の歴史を振り返ってみると、この言葉はずっと悪い意味で使われてきた。その理由のひとつは仏教がこの世のものに執着すれば極楽往生の障《さわ》りになると、ものにこだわること、執着することを厳しく戒めたからである。

しかし、五〇〇年代の半ばに仏教が日本に伝来する前から、この言葉はいい意味の言葉ではなかった。というのは、日本の夏はじめじめして蒸し暑いので、何にでもこだわっていたら、その人もそれを見ているまわりの人々も暑苦しくてたまらない。そこで、この国では昔から何ごとにもこだわらないこと、さらりと忘れて水に流すことを美徳としてたたえてきた。まさに「いき」というわけだ。むしろ日本人が大昔から育んできたこの感性の台座に、大陸から朝鮮を通って日本に伝わった仏教の戒めがうまい具合に乗ったということだろう。

この国では何ごともこだわるより、なりゆきに任せることが重んじられる。周到に準備されたもの、完璧に整えられたものは、たしかに感心されるにちがいないが、決して感動されることはない。なぜなら、周到に準備したり、完璧に整えたりすること自体がわずらわしく暑苦しい思いをさせるからである。

日本人が心から感動するのは、むしろ臨機応変に成しとげられたものであり、ありあわせのものである。ところが、これが難しい。周到に用意することは人の力によってできるが、なりゆきに任せるということは人の力だけでなく、それを超えるものの力が加わらなければできないからである。その二つの力が合わさったとき、そこには自在な間が生まれ、ほんとうによいものにめぐり会えたとしみじみと心を動かされるのだ。

千利休《せんのりきゅう》におもしろい話がある。ある夜更け、利休は急に思い立って、ある茶人を訪問した。主は突然の客のために夜の庭に出て柚子《ゆず》をもぎ、柚子味噌にしてもてなした。ところが、そのあと、大坂からの到来物といってみごとな蒲鉾《かまぼこ》が出てきた。蒲鉾は今ならどこにもあるが、利休の時代に作られはじめた珍しい食べ物であり、肉餅《にくべい》とも呼ばれた。それを見ると、利休は主が今夜の訪問を事前に知って準備していたことに気がつき、庭の柚子をもいできたのもありあわせを装った芝居であったかと思うと、白々しく思えて酒の途中で帰ってしまった。利休には主のひそかな用意周到ぶりが暑苦しいものに感じられたのだ。

逆の話もある。豊臣秀吉《とよとみひでよし》の小田原《おだわら》攻めに同行した利休は伊豆の韮山《にらやま》の竹で花入れの筒を作った。そのひとつ、園城寺《おんじょうじ》という銘の筒に花を入れて床の間に掛けると、竹の割れ目から水が滴り落ちた。それを見咎《みとが》めたある人がそのことを問うと、利休はこの花入れは水が漏るのが命であると答えた。水が漏るのは花入れとしては致命的欠陥にちがいない。その欠陥を補うために修理をすれば、たしかに水は漏れなくなり、完璧な花入れになるかもしれないが、それが何だというのだ。むしろその配慮がわずらわしく、暑苦しい。水が漏れるなら漏れるままにしておけ。花入れのあるがままの姿を正面から認める、その心持ちが涼しいというのだ。

何ごとにもこだわらないのがいいという日本人の感性はこの国の文芸にも深くしみこんでいる。なかでも連歌《れんが》、それから生まれた連句はもっともこだわらない文芸である。どちらも数人の連衆が次々に句を詠みあい、つないでゆくのであるが、その際、いちばん大事なことは前の句に付きすぎないこと、つまり、こだわらないことである。

次の句を詠む人は直前の句とのあいだに十分な間をとらなくてはならない。さらに直前でなくてもすでに出た句と同じ趣向《しゅこう》になってもいけない。誰かがそんな句を付ければ、たちまち停滞してしまう。連歌も連句もこだわらないことによって成り立つ文芸であり、こだわれば成り立たない文芸なのだ。

それがもっとも大事なのは恋の場面だろう。恋の句は二、三句つづいたら、その恋にいくら未練があってもさらりと捨てなければならない。芭蕉と去来と凡兆の師弟三人で巻いた歌仙「市中の巻」の終わり近くにこんな付け合いがある。

さま〴〵に品《しな》かはりたる恋をして　凡兆
浮世《うきよ》の果《はて》は皆小町《こまち》なり　芭蕉
なに故《ゆえ》ぞ粥《かゆ》すゝるにも涙ぐみ　去来

凡兆の句はさまざまな身分のさまざまな女性との恋に明け暮れる在原業平《ありわらのなりひら》か光源氏のような人物を描く。それに対する芭蕉の句は恋の遍歴の果てに老いさらばえて諸国をさすらう小野小町。たとえ絶世の美女といっても最後はみなこんなありさまですというのだ。

さて、そのつづきはどうなるかと思えば、恋の付けあいはこれでおしまい。次には粥《かゆ》をすりながら涙ぐむ老残《ろうざん》の人をいぶかしむ去来の恋離れの句がくるのだ。濃密な恋の一夜が明けて寒々とした霜の朝を迎えたような気分といえばいいだろうか。ここでもし去来が恋にこだわっていたら、この歌仙は停滞してしまい、べたべたとした暑苦しいものになってしまっていただろう。

前の句にこだわらない、こだわってはいけない連歌や連句の形式を文章に応用すれば、随筆になる。『枕草子』も『徒然草』も長短さまざまな文章のかたまりを一行の空白によってつないでゆく。前の文章とあとの文章は何か関連があってもよいが、なくてもよい。こだわる必要はないし、こだわってはいけない。こうして異なる話題の断章がいくつもつづき、しまいにはそれが互いに調和して『枕草子』や『徒然草』というひとつのまとまった本になる。

昔から日本では随筆が盛んに書かれ、名随筆が生まれ、随筆文学という分野まであるのは、随筆という形式がものにこだわるのをよしとしない日本人が古くからもつ感性にぴたりと合うからである。というよりも、随筆という形式自体、連歌や連句がそうだったように日本人の感性が生み出したものなのだ。そして、そこには兼好のいう「夏をむねとすべし」という隠れた掟が働いているということになる。

このように『徒然草』は「夏をむね」とした随筆という形式で書かれているが、そこに書かれていること、いいかえると、兼好という人の考え方自体、大いに夏向きであるといわなければならない。

まず、第七十二段。この段は「家の作りやうは、夏をむねとすべし」とあった第五十五段と直結している。

賤《いや》しげなる物、居《い》たるあたりに調度《ちょうど》の多き。硯《すずり》に筆《ふで》の多き。持仏堂《じぶつどう》に仏《ほとけ》の多き。前栽《せんざい》に石《いし》・草木《くさき》の多き。家の内《うち》に子孫《こうまご》の多き。人にあひて詞《ことば》の多き。願文《がんもん》に作善《さぜん》多く書き載《の》せたる。

多くて見苦《みぐる》しからぬは、文車《ふぐるま》の文《ふみ》。塵塚《ちりづか》の塵。

家の中に家具や道具がたくさんあること、硯に筆が何本もあること、持仏堂に仏像がいくつもあること、子どもや孫がうようよいること、人と対したときによくしゃべること、神仏への願文に願いごとがいっぱい書いてあること。これらはみな賤しい、品がないというのだ。なぜ、兼好はこれらを賤しいと感じるのかといえば、「多き」という言葉を七回も繰り返していることからわかるように、何であれ、多いことは逆に余白、つまり、間がないからである。それはこの蒸し暑い国に暮らす人々にとっては堪えがたい。「賤しげなる物」と書いているが、それは暑苦しいもの、野暮なものといいかえてもいい。

それに対して「多くて見苦しからぬ」、たくさんあっても見苦しくないものを二つあげている。ひとつは「文車の文」、今でいえば、本棚の本。もうひとつは「塵塚の塵」、ゴミ捨て場のゴミ。「文車の文」が許されるのは兼好が文人であるからだろうが、「塵塚の塵」もその例外に入るのは、ゴミ捨て場にゴミがたくさんあるということは、逆に「居たるあたり」、家の中の身のまわりには物がないということだからである。不要のものは捨てて身辺をすっきり、涼しげに保ちなさいということだろう。

ここで「賤しげなる物」のひとつに「人にあいて詞の多き」、つまり、おしゃべりが入っている。なぜ、おしゃべりが「賤しげ」なのかというと、言葉とは本来、暑苦しいものなのだ。というのは、言葉は人と人とをつなぐものであり、そのために人と人とのあいだの間を埋めてゆくという性質をもっているからである。

そこでこの国の人々は昔から生活や文化のいたるところでできるだけ言葉を使わない工夫をしてきた。この国では慎ましやかさが美徳のひとつに数えられるが、慎ましくあるための大事な条件のひとつは言葉数が少ないことである。言葉はできるだけ使わず、言葉以外の沈黙の部分、間によって互いにわかりあうのが、最上のコミュニケーションであるとされてきた。黙っていてもわかりあってこそ「いき」なのであり、わからないのは野暮の骨頂《こっちょう》ということになる。

この国で短歌や俳句のように短い詩が歌人や俳人ばかりでなく、多くの人々によって詠まれてきたのも、そもそも言葉というものが暑苦しいからだ。また、詩歌の歴史を眺めると、和歌でさえ三十一音しかないのに、その和歌からさらに短い十七音の俳句が生まれるのも同様である。言葉が暑苦しいのはそのひとつひとつが意味を帯びているからであるが、俳句は切れという手法を用いてわずらわしい言葉の意味を断ち切り、そこに深々とした間を開こうとする。

第百三十九段は庭木についての話である。「家にありたき木は」とはじまる。

家にありたき木は、松・桜。松は、五葉《ごよう》もよし。花は、一重《ひとえ》なる、よし。八重《やえ》桜《ざくら》は、奈良の都《みやこ》にのみありけるを、この比《ごろ》ぞ、世に多く成《な》り侍《はんべ》るなる。吉野《よしの》の花、左近《さこん》の桜、皆、一重《ひとえ》にてこそあれ。八重桜は異様《ことよう》のものなり。いとこちたく、ねぢけたり。

庭に植えたい木として筆頭にあげるのは松と桜。ただ、松は細かい葉の密生する五葉松もそれほど悪くはないが、桜は一重にかぎるというのだ。そこから、このごろ京の都で流行している八重桜の話になって、あれは桜といっても別物であり、「いとこちたく、ねじけたり」、とてもうるさくて、ひねくれている。吉野の山桜も宮中の左近の桜も一重ですっきりした花であるが、八重桜は花びらが多くてもさもさしている。この「いとこちたく、ねじけたり」もまた暑苦しい、野暮であるというのと相通じている。

第百三十七段はこの世のすべてが時とともに移ろってゆくことと、それに対する人の心構えについて書いている。

花は盛《さか》りに、月は隈《くま》なきをのみ、見るものかは。雨に対《むか》ひて月を恋《こ》ひ、垂《た》れこめて春の行衛《ゆくえ》知らぬも、なほ、あはれに情深《なさけ》し。

ここに引いたのは書き出しの部分だけだが、兼好という人の考え方をうかがうにはこれでも十分である。桜の花は花盛りを、秋の月は十五夜の満月を観るのだけが花見や月見ではない。雨の夜に見えない月を恋い、花が散ってしまうのも知らず、簾《すだれ》のうちにこもっているのもなかなかいい。

この第百三十七段について、兼好は完全な美より不完全な美を重んじたなどと書いてある解説書があるのだが、それはものの表面をみているだけのことである。兼好がここで書いているのは花や月との距離、すなわち間のことなのだ。雨夜に月を思うのも簾のうちにこもっているうちに花が散ってしまうのも、月や花とのあいだに広々とした間がある。満開の桜や満月を食いつかんばかりに近々と見るのは間がなくて暑苦しい。

第百九十段は男女の仲についての話。

妻《め》といふものこそ、男《おのこ》の持つまじきものなれ。「いつも独《ひと》り住《ず》みにて」など聞くこそ、心にくけれ、「誰《たれ》がし婿《むこ》に成《な》りぬ」とも、また、「如何《いか》なる女《おんな》を取り据《す》ゑて、相住《あいす》む」など聞きつれば、無下《むげ》に心劣《こころおと》りせらるゝわざなり。

男は正式な妻などもってはいけない。「いつも独りで暮らしている」などと伝え聞くと感心するが、その男が「何とかいう人の婿になった」とか「これこれしかじかの女を迎えていっしょに暮らしている」などと聞くと、たちまちがくんとくる。

なぜ、兼好はそう思うのか。同じ段の結びの部分。

いかなる女《おんな》なりとも、明暮《あけくれ》添ひ見んには、いと心づきなく、憎《にく》かりなん。女のためも、半空《なかぞら》にこそならめ。よそながら時々通《かよ》ひ住《す》まんこそ、年月経《としつきへ》ても絶えぬ仲《なか》らひともならめ。あからさまに来て、泊《とま》り居《い》などせんは、珍《めず》らしかりぬべし。

たとえどんなにいい女でも毎朝毎晩、いっしょにいたら、気に食わなくなる。女のほうも別れるにも別れられなくなる。別々に住んでいて時々通ってゆくほうが末永く仲良くいられる。男が予告もせずにやってきて、一晩泊まってゆくなどというもの、ときめくものだ。

要するに男女、夫婦のあいだでも間が大事ということである。いつもいっしょにいてべたべたしているのは暑苦しくて野暮である。別々に住んでいて時々通うほうが、よほど涼しげで「いき」である。

このように『徒然草』は随筆という形式だけでなく、そこに書かれている内容にも「夏をむねとすべし」という日本の文化の隠れた掟がいつも見え隠れしている。兼好は三十代で出家し、法師となった。出家とはこの世の余白、長谷川等伯の描いた「松林図屏風」の白い霞の奥へ入ってゆくことである。『徒然草』は兼好がこの世界の余白に身を置いて、その余白の大事さについて「つれぐ〳〵なるまゝに」つづった文章なのだ。

第六章　受容、選択、変容

1

西暦七五六年、唐の都の長安が安禄山《あんろくざん》率いる反乱軍の手中に落ちたとき、李白《りはく》は長江中流の廬山《ろざん》に隠棲していたが、玄宗《げんそう》皇帝の皇子、永王李璘《えいおうりりん》の水軍に幕僚として加わった。杜甫《とほ》は玄宗に代わって皇帝となった粛宗《しゅくそう》のもとへ馳せ参じようとするが、反乱軍に捕えられ、長安に連れ戻されて幽閉される。一方、給事中（皇帝の側近）だった王維《おうい》は捕虜となり、反乱軍政府の本拠地、洛陽《らくよう》に送られ、官職を押しつけられた。これがのちに王維にたたることになる。この年、王維五十八歳、李白五十六歳、杜甫は四十五歳だった。

この安禄山の乱が起こる十数年昔、王維はすでに大詩人とたたえられていたが、政治からは遠ざかりはじめていた。長安の南、藍田山《らんでんさん》の輞川《もうせん》渓谷にあった別荘、輞川荘の本格的な造営にとりかかると、そこにこもって詩を詠み、絵を描き、琴を弾じ、仏の教えについての議論と瞑想に耽っていた。ここで友人と詠んだ詩を集めた『輞川集』を読むと、輞川荘には川や湖や山を擁する広大な敷地に風雅な館や閑静な離れが点在していた。別荘というより村ひとつを所有する、いわば荘園のようなものだったようだ。

王維のこの平穏な日々は安禄山の蜂起によって一変する。長安が陥落した翌年、安禄山が殺され、皇帝軍がふたたび長安を奪回すると、王維は形だけのこととはいえ反乱軍の官職を受けたために降職の処分を受け、謹慎蟄居の身となる。

その翌年の重陽《ちょうよう》の節句に杜甫は藍田山にあった母方の崔《さい》氏の別荘に招かれた。そこで詠んだ詩。詩に出てくる東山《とうざん》も玉山《ぎょくざん》も藍田山のことである。

崔氏東山食堂
愛汝玉山草堂静
高秋爽気相鮮新
有時自発鐘磬響
落日更見漁樵人
盤剝白鴉谷口栗
飯煮青泥坊底芹
何為西荘王給事
柴門空閉鏁松筠

崔氏《さいし》の東山《とうざん》の草堂《そうどう》　杜甫
愛す　汝《なんじ》が玉山草堂の静かなるを
高秋《こうしゅう》の爽気《そうき》は相い鮮新なり
時有りてか自ずから発す　鐘磬《しょうけい》の響き
落日に更に見る　漁樵《ぎょしょう》の人
盤には剝く　白鴉《はくあ》谷口《こくこう》の栗《くり》
飯には煮る　青泥坊底《せいでいぼうてい》の芹《せり》
何為《なんす》れぞ西荘《せいそう》の王給事《おうきゅうじ》
柴門《さいもん》をば空しく閉じて松筠《しょういん》を鏁《と》ざすや

この玉山にある別荘の何と静かなこと。高く晴れわたる秋の爽やかな空気とともに実に新鮮だ。時が来れば、寺の鐘や磬の音が聞こえ、漁師や樵《きこり》が夕日を浴びて帰ってゆく。大皿には白鴉の谷の入り口で拾った栗が剝いてあり、食事には青泥の堤のあたりで摘んだ芹が煮られる。それにしても、どうしたことか、西隣の山荘の王給事は。

ひっそりと閉ざしたわび住まいの門の向こうに松や竹が見えているだけ。

ここに出てくる「西荘の王給事」こそ、安禄山の乱のあと、蟄居の身となった王維その人である。杜甫の親戚の山荘の隣にかの輞川荘があったわけだ。

問題は「何為れぞ西荘の王給事／柴門をば空しく閉じて松筠を鏁ざすや」というこの詩の最後の二行。これを読めば、誰でも芭蕉が大坂《おおさか》で亡くなる十日ほど前に詠んだ句を思い出すだろう。

秋深き隣は何をする人ぞ　　芭蕉

元禄七年（一六九四年）秋、大坂に入った芭蕉はにわかに悪寒、発熱、頭痛に襲われる。秋も終わり近いある夜、連句の会に招かれていたが、いけそうにないのでこの句を詠んで発句として届けさせた。隣はしんと静まり返っていて何の物音もしない。いったい何をしているんだろうと、静かな「秋深き隣」に思いを寄せる句なのだが、芭蕉が杜甫の愛読者であり、旅に出るときも杜甫の詩集をたずさえていたことを思い出せば、この句が杜甫の「崔氏の東山の草堂」の詩を下敷きにしていること、というよりも、その漢詩を俳句に翻案《ほんあん》したものであることは明らかだろう。

ところが、杜甫の詩の解説書にはこのことを指摘しているものがあっても、芭蕉の句の解説書は触れていない。芭蕉の解説者は芭蕉の名句のひとつであるこの句が杜甫の詩に触発されて詠まれたと認めれば、芭蕉の句の独創性を損ね、芭蕉の評価を貶めるのではないかと恐れたのかもしれない。そこで、杜甫の詩を見て見ぬふりをした。もしそうならば、余計な配慮といわなくてはならない。この句については芭蕉が中国の詩を日本の俳句に作り変えたことこそが重要なのだ。

杜甫の詩が描いているのはまさに中国風の豪勢で堅固な世界である。広大な敷地をもつ崔氏の山荘。卓上に並べられたご馳走の数々。その隣にある、今はひっそりと門を閉ざしているけれども、これも名高い王維の輞川荘。そこには揺るぎない中国の山河があり、その上をたゆみなく太陽と月がめぐる。

一方、芭蕉の句が描くのは同じ隣とはいっても豪華な別荘などではなく、壁一枚で仕切った粗末な長屋や質素な草の庵《いおり》を想像させる。

このとき、芭蕉には、昔この蒸し暑い島国にふさわしいように中国の書を日本の書に作り変え、さらに漢字から仮名を作り出したのと同じ力が働いていた。中国風の世界を日本風の世界に作り変えたこの力、元禄七年の晩秋、大坂で病に臥《ふ》せっていた芭蕉に働いていた力こそ和の力だった。

2

和風というと、すぐ思い浮かぶのは着物や和食や畳の間であり、日本人は当然のこととしてそれを日本独自のものと思っている。ところが、はたしてそうかと考えてみると、とたんにどれも怪しくなる。

着物は日本独自の衣装と考えられているけれども、起源をさかのぼれば、古代中国の衣装にゆきつく。しかも、材料の麻も絹も木綿もみな中国から渡来した。このなかで古くから日本人が身につけていたのは麻である。絹とそれを生み出す養蚕《ようさん》は弥生時代に伝わった。木綿が日本で栽培されるようになったのは室町時代のことだった。江戸時代になっても綿は古くからあった絹の綿（真綿）に対して中国渡来の綿という意味で唐綿と呼ばれていた。

和食の代表である鮓《すし》も蕎麦も天ぷらもみな外国渡来のものばかりである。鮓の原型は馴《な》れ鮓であり、その起源は東南アジアの魚醬《ぎよしよう》にさかのぼる。これは今も東南アジアの山岳民族のあいだで作られているが、乏しい魚を保存するために米などの穀物と混ぜて発酵させた食べ物である。それが稲作とともに日本に伝わり、徐々に改良を加えられて江戸の握り鮓や上方の押し鮓になった。鮓ばかりか日本人の主食である米自体、中国からもたらされたものである。

蕎麦は弥生時代にはすでに日本に伝わっていたが、やはり中国が原産地である。西《にし》脇順三郎《わきじゆんざぶろう》の詩に次の一節がある。

マルタの橋を
ナナセンの「ゴールデン・バット」を
すいながらまだあまり笑わないで

渡つて行つた
サラセンの小麦をたべに
醬油のしみた黒い階段の下へ
われわれは集つて
ステーンレスのほそながい
バベルの塔の構作を
脳髄の陰謀としてたくらみ
それを青写真にとつた
法王にこれを抵当に入れた
永遠のガラスの中に首を
突きこんだあのカレンの日！

（「テンゲンジ物語――瀧口修造君へ」『鹿門』）

東京の天現寺《てんげんじ》界隈を友人たちとさまよい歩いた思い出を詠んでいるのだが、ここに出てくる「サラセンの小麦」とは蕎麦のことである。ヨーロッパでは蕎麦は中世の十字軍の時代にサラセン（イスラーム）帝国を経て伝わったのでこう呼ぶらしい。フランス語ではサラザン（sarrasin）、イタリア語ではグラノ・サラチェノ（grano saraceno）、まさに「サラセンの小麦」である。

蕎麦を現在のように細く切って食べるようになったのは江戸時代に入ってからのことで、それまではただ蕎麦といえば今の蕎麦掻きのことだった。それに対して、細く切った蕎麦は蕎麦切りと呼ばれた。

天ぷらの場合はもっとはっきりしている。江戸時代までは天ぷらと呼ばれるものが江戸と上方で違って、江戸で天ぷらといえば、魚や野菜に衣をつけて揚げた今の天ぷらのことだが、上方では魚のすり身を油で揚げた今の薩摩揚げのことだった。油で揚げるという点がどちらも同じだが、この二種類の天ぷらの原型は大航海時代にポルトガルから伝わった。「てんぷら」という言葉も「料理する」という意味のポルトガル語のテンペーロ（tempero）が起源ともいう。

和室といってもその原型は中国の家にあることはいうまでもない。日本の家は木と紙でできているといわれるが、木はともかく、障子や襖に貼る紙は中国で発明されたものであるし、木とともに重用される竹は真竹や淡竹《はちく》のように日本に自生していた竹もあるが、孟宗竹《もうそうちく》は江戸時代に入って中国から伝わった。それまでは、孟宗竹の竹林もあの筍も日本にはなかった。

このように日本独自と考えられているものもその由来をたどってゆくと、ほとんどが外国産のものにゆきつく。それを解体してはぎとってゆくと、最後に残るこの国独自のものといえば、緑の野山と青い海原くらいのものだろう。

明治二十八年（一八九五年）春、正岡子規は日清戦争の従軍記者として中国大陸に渡ったが、その帰り、子規を乗せた船が日本に近づき、目の前に迫る九州の山々を見た感動を次のように書いている。

　その内にも船はとまつて居るのでもないから其次の日であつたか又次の日であつたのか午前に日本の見えるといふ処迄来た。日本が見える、青い山が見える。といふ喜ばしげな声は処〳〵で人々の口より聞えた。寝て居る自分も此声を聞いて思はずほゝ笑んだ。午後には馬関〔下関〕にはいつた。此時室内を見まはして見ると、五六十人も居る広い室内に残つて居る者は自分一人であつた。自分も非常に嬉しかつたから、そろ〳〵と甲板へ出た。甲板は人だらけだ。前には九州の青い山が手の届く程近くにある。其山の緑が美しいと来たら、今迄兀山《はげやま》ばつかり見て居た目には、日本の山は緑青《ろくしょう》で塗つたのかと思はれた。

（「病」『子規全集』第十二巻、〔　〕は筆者注）

「緑青で塗つたのか」と思うほど緑滴る日本列島の山々を子規が眺めたのは明治時代半ばのことだったが、稲をたずさえてきた大陸からの移住者たちも、ヨーロッパからの長旅の果てにこの島国にたどりついた南蛮船のカピタンも、太平洋を越えてきた黒船の乗組員たちも、そして、第二次世界大戦後、飛行機で訪れたアメリカのビジネスマンたちもみな子規が見たのと同じ、海原に浮かぶ日本の緑の山々を見た。日本とは太古の昔からずっとこの緑の山々のほか何もない島々だった。

3

立ち騒ぐ波、海中からぬっと姿を現わしたかのような緑の山々。渚には松が枝をくねらせ、山の端には桜が咲いている。金色の雲の棚引く断崖からは滝がほとばしり落ち、水平線のかなたには目を細めて笑う白い象のような雪の山が姿を現わしている。緑の山々のあいだには黄金の太陽が浮かび、雪山の空には黒く変色した銀の半月がかかる。

大阪府河内長野市《かわちながのし》にある金剛寺《こんごうじ》の「日月山水図屏風《じつげつさんすいずびょうぶ》」は室町時代に描かれた六曲一双の大屏風だが、右隻は春から夏へ、左隻は秋から冬へ、天地そのものが歌い躍動するかのような朗々たる世界が展開する。そこにあるのは山と海と松と桜と太陽と月だけであり、そのほかは何もない、人の姿さえ見られない空っぽの空間である。これが日本という島国の原初の眺めだったのではなかろうか。

しかし、何もないからといって嘆くことも卑屈になることもない。それどころか、

「日月山水図」六曲屏風，右隻，金剛寺蔵，重文

「日月山水図」六曲屏風，左隻，金剛寺蔵，重文

空っぽであることは大いに誇るべきことなのである。というのは、日本という国は大昔から次々に海を渡ってくるさまざまな文化をこの空っぽの山河の中に受け入れて、それを湿潤な蒸し暑い国にふさわしいものに作り変えてきたからである。それこそ和の力であり、この和の力こそ日本独自ということのできる唯一のものである。その力によって生み出されたものが和服であり、和食であり、和室だった。

もしも、この国が空っぽでなかったならば、いいかえると、何かがぎっしりと詰まっていたならば、海を渡ってくる文化はことごとく水際で弾き返されてしまっていただろう。そうなると、和の力など働きようもなく、和の文化もまた生まれなかった。何もないこと、空っぽであることこそこの国の原点であるといわなくてはならない。

この何もない空間を祀《まつ》っているのが神社である。たしかに鏡や玉や剣のようなご神体を祀っているところもあるが、それらは神そのものではなく神の依り代《よりしろ》にすぎない。つまり神を宿す空っぽの器であり、それは鏡をみれば明らかなとおり、鏡の中には何もない空っぽの空間が広がっているからこそ、ありとあらゆるものを映すことができる。神社に祀られているのはこの鏡のように麗しくも、何もないこの国土そのものなののだ。
吉野山《よしのやま》の奥千本《おくせんぼん》に金峯《きんぶ》神社という神社がある。古い素木《そぼく》の鳥居を潜り、石段を上ってゆくと、社殿《しゃでん》があるが、驚いたことにその社殿は吹き抜けになっていて後ろの山の樹木が見通せる。仏教のお寺ならそこには仏像があり、キリスト教の教会なら十字架の痛ましいキリストの像があるはずである。そこが吹き抜けの空間になっているわけだが、それはこの国に昔からあった何もない空間への抜け道であり、参道から吹き上げる風とともにそこを潜り抜ければ、「日月山水図屏風」に描かれた晴れやかな原初の空間へゆくことができるだろう。

金峯神社の右手の道は山々の尾根伝いにはるか熊野までつづく道である。西行《さいぎょう》法師がしばらく住んだという草庵はその道に入ってすぐかたわらの谷の中腹にあるので、社殿の吹き抜けから見えているのは西行が住んだ山でもある。

吉野山こぞのしをりの道かへてまだ見ぬかたの花を尋ねむ　　西行
吉野山やがて出でじと思ふ身を花ちりなばと人や待つらむ

吉野山花の散りにし木のもとにとめし心は我を待つらむ

出家するということはこの世の余白に身を置くことにほかならない。西行もまた出家によって、この世の余白、「日月山水図屏風」に描かれているような日本の原初の風景の中に身を置いた。

日本人は生活と文化のあらゆる場面でさまざまな間を使いこなして暮らしている。その間とはこの国のはじめにあった何もない空っぽの空間の思い出であり、その再現でもあるだろう。

4

この国では昔から、海を渡ってくるさまざまな異質な文化を何もない山河に迎え入れ、やがて湿気が多く蒸し暑い環境にふさわしいように作り変えてきた。そのことがもっともよくわかるのは文字である。

日本には文字がなかった。文字は言葉を書き表わし、記録することによって言葉を遠くの人に伝え、さらに未来に伝える。このように言葉は文字によって時間と空間を超えることができる。もしも文字がなければ、言葉を伝える手段は声と記憶だけしかない。そうなると、言葉を遠くの人に伝えるには大声を出すしかない。言葉を未来へ伝えようとすれば、記憶力の優れた人が覚えておくしかない。古代の日本ではこのような状態が長くつづいていた。

そこへ中国から漢字が伝来する。日本人はこの中国の文字である漢字を日本語の文字として借用する。それには基本的に三つの方法があった。いちばん簡単な方法は日本語の言葉の音に近い音の漢字を選び出して当てるという方法だった。たとえば、「うめ」の「う」には「烏」（ウ）を、「め」には「梅」（メイ）を当てて「烏梅」と書き、「はな」の「は」に「波」（ハ）を、「な」には「奈」（ナ）を当てて「波奈」と書くというふうに。漢字は一字一字に音のほかに意味のある表意文字だが、これは漢字の意味は無視して漢字を表音文字、発音記号として使うものだった。これがいわゆる万葉仮名である。次の歌は『万葉集』にある小《お》野老《ののおゆ》の歌。

烏梅能波奈《うめのはな》　伊麻佐家留期等《いまさけるごと》　知利須義受《ちりすぎず》　和我覇能曾能尓《わがへのそのに》　阿利己世奴加毛《ありこせぬかも》　小野老

次に漢字の意味を汲みとって日本語の言葉と同じ意味の漢字を当てた。漢字の「青」は青色を意味しているので日本語の「あを」に、「丹」は丹色の意味なので「に」に、「吉」は「よし」に当て、「あをによし」という言葉を「青丹吉」と書くというふうに。

青丹《おおに》吉《よし》　寧楽乃京師者《ならのみやこは》　咲花乃《さくはなの》　薫 如《におうがごとく》　今盛 有《いまさかりなり》　小野老

この歌の「寧楽」は漢字を表音文字として使っているが、そのほかはみな漢字の意味を汲んで日本語に当てる第二の方式を使っている。

『万葉集』は七〇〇年代半ばに成立した歌集だが、収録してある歌はこの二つの方法を駆使して書かれている。

このほかにもうひとつ、中国語の言葉をそのまま日本語に導入するという方法もあった。中国語にはあるのにそれに相当する言葉が日本語にない政治、宗教、思想などにかかわる抽象的な意味を表わす中国語の言葉はそのまま日本語になった。たとえば、「恋」という漢字は意味を汲んで日本語の「こひ」に当てられたが、「愛」という漢字は「めづる」「いつくしむ」「いとほしむ」「をしむ」「かなしむ」などの動詞に当てられたほか、「愛」という抽象名詞としてそのまま日本語になった。日本語には「愛」という抽象概念を表わす言葉が存在しなかったからである。これは単に日本語に文字が加わったというだけでない。日本語の言葉が新たに生まれたということである。この第三の方法によって日本語は抽象的な概念や論理を表現できるようになり、その世界は飛躍的に広がった。

万葉仮名はやがて草仮名《そうがな》となり、八〇〇年代の後半には平仮名と片仮名が誕生していた。『古今和歌集』も『源氏物語』もこの平仮名を駆使して書かれた。では、なぜ、万葉仮名は書き崩されて草仮名となり、草仮名はさらに崩れて平仮名となったか。漢字のごく一部を残し、ほかの部分は捨てられて片仮名が生まれたか。

そこにはやはりこの島国の蒸し暑い夏をどうにか涼しく過ごしたいという志向が働いているだろう。万葉仮名のままでも日本語を書き表わすという用は十分、果せるのだが、漢字を並べて書くのも、びっしりと漢字の並ぶ歌や文章を読むのも、ごらんのとおり暑苦しく堪えがたい。そこで漢字を書き崩し、あるいは、大部分を捨て去って平仮名や片仮名にたどりついたということではなかったろうか。

5

文字のなかった日本に漢字が渡来し、その漢字から平仮名や片仮名が生まれた。この文字をめぐって古代に起こったことと同じことが、のちの大航海時代にも明治維新にも、そして、第二次世界大戦後にも何度も繰り返されることになる。

外国の新しい文化がこの国に到来したとき、まず必ず起こるのはその全面的な受容である。これができるのは、この日本という国がもともと空っぽの国だからである。

そこでこの国の人々は珍しい外国の文化はともかく喜んで迎え入れる。そのどの時代にも外国文化を率先して迎え入れる「かぶれ」と呼ばれる人々がいた。古代の唐かぶれ、安土桃山時代の南蛮かぶれ、明治時代の西洋かぶれ、そして、戦後のアメリカかぶれ。

天平《てんぴょう》二年（七三〇年）正月、大宰帥《だざいのそち》（大宰府の長官）だった大伴旅人《おおとものたびと》の屋敷に役人たちが大勢集まって宴を開き、梅の花を歌に詠みあった。その記録が『万葉集』に残っている。

波流佐礼婆《はるされば》　麻豆佐久耶登能《まづさくやどの》　烏梅能波奈《うめのはな》　比等利美都ゝ夜《ひとりみつつや》　波流比久良佐武《はるひくらさむ》
山上憶良《やまのうえのおくら》

和何則能尓《わがそのに》　宇米能波奈知流《うめのはなちる》　比佐可多能《ひさかたの》　阿米欲里由吉能《あめよりゆきの》　那何列久流加母《ながれくるかも》
大伴旅人

前に引いた小野老の梅の花の歌もここで詠まれたものだ。小野老は大宰少弐《しょうに》（大宰府の次席次官)、山上憶良は筑前守《ちくぜんのかみ》だった。

場所は大和朝廷の唐に対する玄関の大宰府である。彼ら三人ばかりでなく、みな唐の詩人気取りで和歌を詠んでいる。なかでも憶良は遣唐使の随行員として唐に渡ったことがあり、筋金入りの唐風の文化人だった。梅花の宴を演出したのも彼だろう。この「梅花三十二首」の序を憶良が書いているが、それは中国の文人たちの詩文の引用でつづられている。

「かぶれ」という言葉もまた蒸し暑い日本の夏と深いかかわりが深い。湿気と汗で始終、肌がべとつき、発疹ができたり赤く腫れたりすることをかぶれるというのだが、それになぞらえて呼ばれるこのような外国文化の崇拝者を侮ってはいけない。彼らにも役割りがあって、それは外国の文化を喜んでこの国に迎え入れることであり、和の文化を生み出す準備をすることにある。もし、いつの時代もこの外国文化の崇拝者たちがいなければ、和の文化は素材の大半を失っていただろう。

日本人は海外に対して警戒心が強く、閉鎖的で排他的であるという日本人論がある。島国根性などというやな言葉まであるのだが、それを日本人が唱えているのなら自分自身に対する誤解というほかはない。実際の歴史をみるかぎり、まったくその反対である。遣唐使の時代にも大航海時代にも、鎖国下にあった江戸時代にも、さらに近代の文明開化期や戦後においても日本人は海外への好奇心が旺盛であり、その文化を受け入れることに貪欲だった。むしろそれが自由な海に囲まれた島国に住む人々の特性でもあるだろう。

外国文化の受容の次の段階はそのなかからこの国にふさわしいものを選び出すことである。その際、選択の基準となるのは、暑苦しいことを何よりも嫌うこの国の人々の嗜好《しこう》に合うかどうかである。

安土桃山時代の茶人たちはその達人だった。当時、南蛮貿易によって中国や朝鮮やフィリピン（ルソン）からさまざまな陶磁器が博多や堺の港に運ばれてきたが、茶人たちはそのなかから簡素な茶室に合う焼き物を選び出した。海外からの渡来品であれ、国内で作られたものであれ、一見、ただの壺や茶碗にすぎなかったものが、彼らの審美眼によっていったん価値を見出され、茶器として取り立てられると、法外な値で取り引きされ、人々の欲望の的となり、末永く名器とたたえられた。

こうして選ばれたものはさらに手を加えて作り変えられる。これが第三の段階である。ここでの作り変えの方針となるのも暑苦しさを嫌うこの国の人々の嗜好に合うようにということにほかならない。もっともわかりやすい例は漢字から生まれた仮名だが、ほかにもさまざまな渡来文化がこの方針に沿って作り変えられた。

団扇《うちわ》は中国では蠅や蚊などのいやな虫を追い払う道具、蠅叩きのようなものだったが、日本に伝わると、手で扇《あお》いで涼しい風を起こす道具となる。一方、扇は中国伝来の紙と竹を使って日本で考案された。風鈴の起源は寺の屋根の四隅にぶら下げた魔除けの風鐸《ふうたく》だったが、これも日本にもたらされると、風に吹かれて涼しげな音を響かせる風鈴になった。

近江の鮒鮨《ふなずし》のような馴れ鮨から、やがて酢を使った握り鮨や押し鮨が生まれたのはなぜか。食べ物の腐りやすい夏のあいだ、酢が腐敗を防ぐからであり、夏ばての予防にもなるからである。蕎麦搔きが蕎麦切りになったのはなぜか。蕎麦搔きをもそもそと食べるのは暑苦しいが、細く切った蕎麦切りは見た目も涼しげだからである。

こうしてあげてゆくと、きりがないが、この国に伝わったさまざまな外国の文化はみな受容、選択、変容という三つの過程を経て、次々に和風のものに姿を変えていった。そのさい、大事なのはともかく涼しげであるようにということであり、決して暑苦しくないようにということだった。芭蕉の「秋深き」の句はこのような流れの中で詠まれた。

この空白の島国では太古の昔からたゆみなくこの和の力が働いてきた。もし、日本独自のものがあるとすれば、和の力こそがそれだろう。忘れてならないのは、この和の力は過去のものでなく現在もたゆみなく働きつづけているということである。

第七章　和の可能性

1

桜といえば染井吉野《そめいよしの》を思い浮かべるが、あれは幕末に江戸郊外の染井で作られた人工品種であり、それ以前は桜といえば山桜のことだった。山桜は太古の昔から日本列島に自生する桜であり、西行や芭蕉が和歌や俳句に詠んだのも山桜である。

ねがはくは花のもとにてはるしなん　その二月のもち月のころ　西行

さまぐの事おもひ出す桜かな　芭蕉

現代人はこれらの歌や句に染井吉野の花を重ね合わせるのだが、それは西行や芭蕉が見た桜ではない。

花の色は移《うつ》りにけりないたづらにわが身世にふるながめせしまに　小野小町《おののこまち》

ここで小野小町がわが身になぞらえている花も染井吉野ではなく山桜である。染井吉野と山桜はどこがどう違うかといえば、染井吉野はまず花だけが咲いて、その花が散ったあと、緑の若葉が萌え出るが、山桜は花が咲くと同時に若葉も芽吹く。花の色を見ても染井吉野は薄紅だが、山桜は白い。ただ、山桜は花と同時に出る若葉の色が木によって緑から臙脂《えんじ》までいろいろあるので、同じ山桜といっても若葉の色と交じりあってさまざまな色合いを見せる。

あをによし奈良の都は咲く花の薫《にお》ふがごとく今盛りなり　小野老

「にほふ」という言葉は古くは匂いや香りのことではなく、色が照り映えることだった。山桜の色合いはこの歌のとおり「咲く花の薫ふ」という表現がぴったりである。このため、染井吉野と山桜は花の印象、とくに遠くから眺めたときの印象が大いに異なる。染井吉野は薄紅の雲のようだが、山桜は色とりどりの糸で織った錦のように見える。遠山桜という言葉があるが、その桜も山桜でなければならない。

要するに山桜は野生の桜であり、染井吉野は純粋に花だけを観賞するために作り出された人工品種なのだ。せっかちな江戸っ子の花見のための桜でもあった。それが明治時代になると、全国に建てられた学校の校庭に植樹され、子どもたちの脳裏に焼きつき、桜といえば染井吉野ということになってしまった。

これはくとばかり花の吉野山　貞室《ていしつ》

吉野山は全山、山桜におおわれた山桜の聖域である。松の歌枕の松島と並ぶ桜の歌枕であり、昔から花盛りの眺めは花の吉野山とたたえられてきた。

昔誰かゝるさくらの種植ゑて吉野を春の山となしけん　藤原良経《ふじわらのよしつね》

吉野山はどのようにして花の吉野山となったか。吉野山から奥の大峯山《おおみねさん》（山上ヶ岳《さんじょうがたけ》）までの一帯は金峯山《きんぷせん》という修験道の聖地である。もともと金峯山はインドにあったが、あるとき、空を飛んできて海にぷかりと浮かんだ。まるで「日月山水図屏風」に描かれた海に浮かぶ桜の山のように。それが吉野の金峯山なのだという。山という日本の国土の一部でさえ海外から飛来したというこの伝説は、何もない空間にさまざまな外国の文化を受け入れてきたこの国のあり方を象徴的に表わしている。

この金峯山には蔵王権現《ざおうごんげん》が祀られている。役行者《えんのぎょうしゃ》（役小角《えんのおづぬ》）は修験道《しゅげんどう》の開祖とされる人だが、金峯山を開いて大峯山の山上で乱れた末世にふさわしい仏の出現を祈った。すると、過去を司る釈迦如来、現在を司る千手観音、未来を司る弥勒菩薩が次々に姿を現わした。しかし、役行者はどの仏も末世にはふさわしくないとして、今一度、降《ごう》魔《ま》の仏の出現を祈る。すると、青黒い忿怒《ふんぬ》の形相の蔵王権現が山上の盤石を蹴破って躍り出たという。

吉野山が花の山になった経緯も金峯山の飛来伝説と同じく人為を超えたところがある。桜は蔵王権現の神木なので、昔からこの山にお参りする信者たちは桜の苗木をたずさえて登り、参道のほとりに植えた。しかし、それだけならせいぜい道の両側に桜の林ができるくらいのもので、全山、桜におおわれる花の吉野山は出現しない。では、どのようにして花の吉野山はできあがったかというと、それには烏《からす》が一役買っていた。蔵王権現のお使いである烏たちは人のいけない険しい峰や深い谷へ桜の種を運んだ。こうして金峯山一帯は年々、桜の木におおわれ、歳月が流れるうちに花の吉野山が出現したというわけである。

吉野山が花の山になるには烏たちが桜の種を運ぶという人為を超えた力が働いていたというところにただならぬものがある。ほんとうに偉大な仕事というものは人の力の上に人の力を超えた力が働かなければ成しとげられないものだ。

2

昨年（二〇〇八年）、友人たちと「季語と歳時記の会」というNPO法人を発足させた。新潟県加茂《かも》市の雙璧寺《そうへきじ》に事務所を置き、インターネット歳時記の運営、歳時記学の構築などいくつかの仕事をしているが、そのひとつに山桜百万本植樹計画がある。百万本といえば、一年に百本ずつ植えるとしても一万年はかかる大事業である。昨年五月には手はじめに事務所のある雙璧寺の裏山に百二十本の苗木を植えた。今年（二〇〇九年）は十月に韓国のソウル、十一月に熊本県天草市と京都の個人の庭に植樹することになっている。

なぜ山桜なのかといえば、雪月花というように歳時記に載っている季語の中でも桜の花が秋の月や冬の雪とともに大きな季語のひとつであるということもあるが、もっと別の理由もある。明治時代以降、日本の近代の百数十年間を顧みると、それは桜にとって決していい時代ではなかった。とくに日本が第二次世界大戦へ進んでいった昭和の前期は桜の受難の時代だった。明治になって桜が日本の象徴とされたところまではよかったが、やがて国民を戦争へ駆り立てる象徴に祀り上げられた。

桜の花は惜しまれながら散り急ぐ。お国のために勇ましく敵と戦い、桜の花のように潔く命を捨てるのが大和魂というものであり、それが日本人の務めであると教えられた。この教育がどれだけ多くの若者たちの命を奪ったことか。そのために桜は利用された。

その戦争が終わってから六十年以上たつが、新聞やテレビの俳句の選をしていると、あの戦争での国の所業を怨む句が今も絶えない。ある老人は私に「戦争で命を落とした人々を思えば、桜の花は金輪際、俳句に詠みたくない」といった。そして、桜の花へのわだかまりが晴れぬまま亡くなった。私は戦後の生まれで戦争の体験はないのだが、無念の思いはわかる。

昭和十二年（一九三七年）からの中国との戦争、十六年（一九四一年）からの太平洋戦争では敵味方、数多くの人々が犠牲になった。しかし、戦争で傷を負ったのは人間ばかりではない。爆撃で焼き尽くされ、原子爆弾の放射能によって穢された山河も、戦意高揚のために利用された桜も富士山もみな深い傷を負った。老人の話を聞いて、山桜を植えることを思い立ったのにはそのような理由がある。ものいわぬものたちに人間が負わせた傷は人間が癒さなければならない。

桜の弁護をすれば、この花が猛々しい大和魂なるものの象徴であったことなど、近代に入るまでは一度もなかった。むしろ、桜は柔和で優美なものの象徴であり、平和の象徴でさえあった。『源氏物語』を読めば、それがよくわかる。

須磨《すま》、明石《あかし》の海辺での暮らしからふたたび都へ呼び戻され、宮廷の中心に返り咲いた光源氏は亡き六条御息所《ろくじょうのみやすどころ》の屋敷の跡を含む広大な敷地に六条院という大邸宅を造営する。そこには町と呼ばれる四つの区画があり、それを春夏秋冬に割り当て、その季節にふさわしい草木が植えられた。源氏はここに愛する女性たちを住まわせる。南東の春の町には紫の上、南西の秋の町には六条御息所の忘れ形見の秋好中宮《あきこのむちゅうぐう》、北東の夏の町には花散里《はなちるさと》、北西の冬の町には明石の君というふうに。

翌年秋、野分の吹き荒れた朝、源氏の嫡男の夕霧が風見舞いに六条院を訪れ、父の最愛の人であり、春の町に住む紫の上の姿を垣間見る。光源氏は明石の姫君のほうへいっていて留守のあいだのことだった。

おとゞ〔光源氏〕は、ひめ君の御方《かた》〔明石の姫君〕におはしますほどに、中将の君〔夕霧〕、まゐり給ひて、東《ひんがし》の渡殿《わたどの》の小障子《こしょうじ》の上《かみ》より、妻戸《つまど》のあきたる隙《ひま》を、何《なに》心もなく、見入《い》れ給へるに、女房の、あまた見ゆれば、たちとまりて、音《おと》もせで見《み》る。御屏風も、風《かぜ》のいたく吹《ふ》きければ、おしたゝみ寄《よ》せたるに、見通《とお》しあらはなる、廂《ひさし》の御座《おまし》にゐ給へる人〔紫の上〕、ものに紛《まぎ》るべくもあらず、気《け》高《だか》く、清《きよ》らに、さと匂《にお》ふ心地《ここち》して、春の曙《あけぼの》の霞《かすみ》の間《ま》より、おもしろき樺《かば》桜の咲《さ》きみだれたるを、見《み》る心地す。あぢきなく、見《み》たてまつるわが顔《かお》にも、うつりくるやうに、愛《あい》敬は匂《にお》ひちりて、またなく珍《めずら》しき、人の御さまなり。

(『源氏物語』「野分」、〔 〕は筆者注)

作者の紫式部は夕霧という若者の目を通して紫の上の姿を映し出しながら讃辞を惜しまないのであるが、そこに「気高く、清らに、さと匂ふ心地して、春の曙の霞の間より、おもしろき樺桜の咲きみだれたるを、見る心地す」とある、その樺桜こそ山桜である。このように昔から山桜は気高く清らかな女性にたとえられる花だった。猛々しい大和魂とも血なまぐさい戦争とも何のかかわりもない。

3

時代は下って江戸時代半ばの国学者、本居宣長の歌。

しきしまのやまと心を人とはば朝日ににほふ山ざくらばな　　本居宣長

宣長は伊勢松坂の人であり、父親は吉野山の水分《みくまり》神社に子宝を祈願して宣長を授かったという。水分神社は金峯神社のある奥千本へゆく途中、上千本《かみせんぼん》の分水嶺《ぶんすいれい》に建つ神社である。伊勢と吉野はそれほど離れていないうえ、出生のいきさつからも宣長は吉野山に親しみを抱いていただろう。

この歌は、日本人が昔から受け継いできた心（大和心）とはいったいどんなものかと尋ねられたら、朝日に照り映える山桜の花と答えたいというのであり、戦意高揚などとはおよそ無縁である。大和心とは文字どおり大いに和する心、異質なものを受け入れ、なごやかに調和している心の状態のことである。

ところが、中国やアメリカと戦うために国はなごやかな大和心に猛々しい大和魂をダブらせ、それは朝日に照り映えてやがて潔く散ってゆく山桜のようなものであるとこの歌を読み替えた。こうして桜も宣長の歌も戦争遂行に奉仕させられた。

仮にこの歌が猛々しい大和魂を讃美しているとしても、宣長がこの歌を書き記した文字、漢字や平仮名はどこからきたか。それをしたためた筆や墨や紙はどこからきたか。活字で印刷されているなら、活版印刷機はどこからきたか。どれも中国や西洋から渡来し、あるいは、渡来したものを作り変えたものばかりである。中国渡来の文字や西洋渡来の印刷術で記された歌で中国やアメリカとの戦争を煽《あお》ることが土台おかしいことはすぐわかるはずである。この誰でもわかるはずのことに気づかず、日本が愚かな戦争への道を進んでいったのには原因がある。

日本が戦争への道を進んだ昭和十年代、明治維新からすでに七十年が経過し、当時の日本を動かしていた政治家や軍人たちはみな近代日本の第三世代に当たる人々だった。昭和十一年（一九三六年）の二・二六事件のあと、首相となり、結果として軍事拡張路線を歩んだ広田弘毅《ひろたこうき》は明治十一年（一八七八年）生まれ、日中戦争勃発時に首相だった近衛文麿《このえふみまろ》は明治二十四年（一八九一年）生まれ、太平洋戦争の開始を決断した東条英機《とうじょうひでき》は明治十七年（一八八四年）に生まれている。彼らは明治十二年（一八七九年）生まれの永井荷風や明治十九年（一八八六年）生まれの谷崎潤一郎と同じ時代に生まれ、同じ時代を生き、そして、同じ感性を共有していた人々である。

谷崎が『陰翳礼讃』を書いたのは昭和八年（一九三三年）のことだった。第一章でみたとおり、この随筆の中で谷崎は近代化される前の日本と目の前にある近代化を進める日本とのジレンマに悩んでいる。なぜ、この二つの日本が谷崎を悩ませたかといえば、谷崎は近代化される前の日本を自分で見たことがないためにそれを固定的にとらえ、美化し、偶像《ぐうぞう》として仰いだからだ。こうして生まれた和の幻影によって、谷崎はこの国が昔から何もない空間にさまざまな異質の文化を受け入れ、そのなかからこの国にふさわしいものを選び出し、作り変えてきたこと、それこそが日本独自の和の力であったこと、そして、彼が純日本風と考えたものはみな和の力の生み出したものであることを忘れてしまっていた。

中国やアメリカとの戦争を指導した政治家や軍人たちもまた谷崎と同じように和の幻影にとりつかれていたのにちがいない。和とは日本独自のものであるという誤った考えが当時の人々には疑いようのない常識だった。こうして大和魂は日本独自の精神とされ、そこから先の思考が停止してしまった。

和を固定したもの、日本独自のものとしてとらえることはたしかに簡単でわかりやすくはあるのだが、すでにみてきたとおり、かえって和をみじめなものにするばかりでなく、このように偏狭《へんきょう》で頑迷《がんめい》なものにしてしまう危険を孕んでいるといわなければならないだろう。

中国との戦争の開始から八年後、太平洋戦争の開始から四年後の昭和二十年（一九四五年）、東京は焼け野が原となり、広島と長崎には原子爆弾が投下され、日本は無条件降伏する。近衛は服毒自殺し、広田や東条らはA級戦犯として処刑された。こうして輝かしい明治という時代はみずから作り上げたものにみずから終止符を打つことになる。

4

役行者は今から千三百年ほど昔、飛鳥《あすか》時代から奈良時代の初めにかけて生きた実在の人である。姿絵や彫像を見ると、頭巾をかぶり、錫杖《しゃくじょう》をつき、高下駄をはいて鬼か天狗のような恐ろしい形相をしているが、金峯山に仏を招いたとき、はじめに現われた釈迦如来や千手観音や弥勒菩薩を相手に末世には合わないとお引き取り願った話や葛城山《かつらぎさん》から金峯山へ空中の橋を架けようとした話や、讒言《ざんげん》にあって伊豆へ流されたという話を聞くと、トリックスター（いたずら者）の快活な気質を多分にもっていた人のように思える。

その役行者によって呼び出され、金峯山に鎮座した蔵王権現の本来の姿は五大力《ごだいりき》菩薩とも執金剛神《しゅこんごうしん》とも百八臂金剛蔵王《ひゃくはっぴこんごうぞうおう》菩薩ともいわれるが、いずれもインドの仏や菩薩である。

五〇〇年代半ば、朝鮮半島の百済《くだら》を経て仏教が日本に伝わったとき、はるばるインドからきた仏や菩薩は先にこの国にいた神々に姿を変え、この国の山河に溶けこんでいった。蔵王権現もそのひとつであり、権現とは仏や菩薩の日本での仮の姿にほかならない。同じように天照大神《あまてらすおおみかみ》は大日如来や十一面観音の、大国主命《おおくにぬしのみこと》は大黒天の日本での姿と考えられた。

こうして大陸から伝来した仏教は雨が大地にしみこむようにこの国の人々に受け入れられ、長いあいだに仏や菩薩はこの国の神々と融合して一体となり、いわゆる神仏《しんぶつ》習合《しゅうごう》の慣わしができあがる。寺の参道に鳥居が立てられ、神社のそばには神宮寺《じんぐうじ》と呼ばれる寺が建つ。吉野山の蔵王権現の参道にも銅《あかがね》の鳥居がある。

なぜ、このようなことが起こるのか。それを知るには「日月山水図屏風」に描かれた海や山が朗らかに躍動していた時代へ、この国にまだ誰もいなかった時代へとさかのぼらなくてはならない。

この何もない緑の島々に大陸から南方からさまざまな人々が次々に海を渡ってきた。

その渡来人たちは自分たちの宗教、崇《あが》める神を奉じてきただろう。その神々ははじめのうちこそ、互いに争いあったが、やがて共存を図るようになる。なぜならば、蒸し暑い夏を涼しく過ごすために間をとることの大事さを知ったこの人々は互いの神々のあいだにも十分な間を設けるようになったからである。こうして、この島々ではさまざまな神々が争いあうのではなく共存することになる。これが八百万《やおよろず》の神々である。大陸から伝わった仏教はこの八百万の神々の構造にそのまま乗ることができた。

ところが、明治新政府は早々に神仏分離令を発して神道と仏教を切り離そうとする。寺社では祀ってあるのが神であるか仏であるか、はっきりさせなければならなくなった。金峯山には吉野山と大峯山に二つの蔵王堂があってともに蔵王権現を祀っているが、この分離令によって蔵王権現は神とされ、蔵王堂は神社とされる。これは新政府が天皇制の基盤となる国家神道を整えるために打ち出した政策だったが、この国がそれこそ国のはじめからさまざまな異質の文化を受け入れることによって栄え、賑わってきたことを忘れた偏狭な和の愚策だった。

神仏分離令を引き金にして廃仏毀釈《はいぶつきしやく》の嵐が巻き起こる。数多くの寺が焼かれ、仏像が破壊され、文化財が海外へ流出した。予想もしなかった混乱に直面して新政府は方針を変更せざるをえなくなる。和を偏狭にとらえることがいかに無益で有害であるか。金峯山の蔵王堂がふたたび仏堂に戻ったのは二十年後のことである。

大航海時代にキリスト教が伝えられたときも千年前に仏教が伝来したときと似たことが起こる。天文《てんぶん》十八年（一五四九年）、イエズス会の宣教師フランシスコ・ザビエルが鹿児島で布教をはじめて以来、キリスト教は急速に広まった。日本人は喜んでキリスト教を受け入れたのである。ところが、領土に対するスペインやポルトガルの野心を警戒した江戸幕府はキリスト教を禁じる。これによって、キリシタンは社会の表からは姿を消すが、隠れキリシタンとして生きのびた。聖母マリアは仏教の観音の姿を借り、マリア観音として信仰された。

たしかにキリスト教は唯一の絶対神を奉じる一神教だが、この国の人々はキリスト教の神も八百万の神々のひとつととらえているのではなかろうか。毎年、年の瀬になると、キリストの誕生日であるクリスマスを祝い、大晦日《おおみそか》には仏教のお寺の除夜の鐘を聞き、新年を迎えれば、神社へ初詣に出かける。年末年始のわずか一週間のあいだに多くの日本人が三つの宗教をはしごするわけだが、誰もそれに矛盾を感じることもなければ、不思議に思うことさえない。当たり前のこととしてひとつひとつをすましてゆく。これこそなごやかな和の風景ではないか。

地球という星にはさまざまな宗教があって一神教もあれば多神教もある。そして、一神教の神同士、信者同士、国同士が互いに血なまぐさい争いを繰り返し、それが経済的、政治的な利害とからまりあってテロや戦争に発展しているところもある。多神教からみると、すべてを意のままにしようとする一神教の神はたしかにかたくなでわがままな神である。

こうした世界の現状に対して、日本のような多神教の国でのさまざまな神々のなごやかな共存、宗教同士の融和は平和な世界のひとつのモデルとなりうるだろう。夢物語にすぎないと笑う人もいるだろうが、地球という星は外から眺めると、決してまだなごやかとはいえないものの、すでに一神教の神を含めて異質の神々の共存する多神教の星である。

5

長方形の木の湯舟がある。縁からあふれるお湯にまわりの樹木の緑が映りこんでいる。その木々の緑に分け入るようにしてお湯に入ると、樹齢何百年とも知れない数本の樟が目の前に現われ、そのあいだから源実朝が歌に詠んだ伊豆の海が見わたせる。

蓬萊は伊豆山の崖にある旅館である。階段をずっと降りていったところに昔からの風呂があるが、何年か前にそこへゆく途中に新しい風呂ができた。そこは崖の中腹に段のように刻まれた細長い土地である。ここに建築家の隈研吾は簡潔極まりない浴場を造った。袋貼りという和紙で包みこんだ真っ白な障子を開くと、まず脱衣場があり、その先に洗い場があり、さらに先には縦長の湯舟がすえてある。屋根は波型のプラスチック板がやや目深に斜めに葺いてある。この浴場には壁がない。脱衣場と洗い場の境は透明なガラス板で仕切ってあるが、ほかの三方は吹きさらしのままになっている。

建物の最小限の要素といえば、床と屋根と壁だろうが、建築家は床と屋根だけを残す

蓬莱の古々比の瀧．写真：髙瀬良夫／GA Photographers

と、壁を取り払ってしまった。
この思い切った決断によって背後のすぐ手の届くところに緑の羊歯《しだ》の茂る石垣が迫り、正面には樟の古木の向こうに海と空へつづく大空間が開けることになった。兼好法師は『徒然草』の中で「家の作りやうは、夏をむねとすべし」と書いているが（一一二ページ参照）、この吹きさらしの風呂は「夏をむね」とすべき日本の家の極北にあるもののひとつだろう。

それは屋内の風呂のように閉鎖的ではなく、かといって露天風呂のようにむき出しで無防備でもない。外の世界に対して広々と開かれながら、外の世界から守られている。互いにせめぎあうこの二つの条件のちょうど釣りあうところに引かれた一線が、ほのかに白いプラスチック板の屋根だろう。この一枚の半透明の板によって浴場の人は雨や雪から守られ、上からの視線からかろうじて守られる。

もし伊豆山の上空から眺めることができれば、この浴場は崖の途中にふわりと降り立ったかのように見えるにちがいない。はるかに大規模な東京ミッドタウンのサントリー美術館でも同じことがいえるのだが、この「ふわりと」という感じ、かりそめに、さらにいうと、はかなげにそこにある感じは隈研吾という建築家の本質的なものと結びついている。

一世代上の建築家である安藤忠雄《あんどうただお》は大地の根底からデザインし、掘り返し、がっしりと建物を造り上げる。それを象徴していたのが建築家の意のままになるコンクリートという素材であり、コンクリート打ち放しという工法だった。この安藤の建築と対比すると、隈の建築は表層的である。仮にデコボコの土地に家を建てるとすれば、安藤はまずデコボコを平らにならして建てるが、隈はデコボコのまま、というより、逆にデコボコを生かして建てようとする。

安藤を筋肉的な建築家と呼ぶなら、隈は皮膚的な建築家ということができる。ただ、表層的、皮膚的というと、上っ面だけのように聞こえるかもしれないが、そうではない。生物が受精卵から発生する過程にまでさかのぼると、筋肉や骨格は中胚葉から作られ、皮膚や神経や脳は外胚葉から作られる。皮膚的であるということは感覚的であり、頭脳的であるということでもある。二人の建築に漢字と仮名を重ねてもいい。安藤の建築が一画一画、堅固に組み立てられる漢字であるなら、隈の建築は揺らめく仮名といえばいいだろうか。

それは隈の次のような姿勢にも表われている。建築家がひとつの建築に取り組むとき、施主の意向、予算、法律、土地の状態、自然環境、技術の水準など、さまざまな条件が障害となって立ちはだかる。そのとき、隈はどう対応するか。もちろん、自分の思いどおりにさせていただけないのなら、この企画から降りますという選択肢もありうる。しかし、隈は制約を受け入れ、折りあえる線を探りながら、最初の案を超える、自分でも思ってもみなかった第二、第三の案を見出そうとする。意のままにならないなら拒絶する一神教的な傲慢な姿勢に対して、意のままにならないからこそおもしろいと思う八百万的な寛容な姿勢、これを一言でいえば、臨機応変ということになるだろう。

生け花をする人にとって花の枝ほど思いのままにならないものはない。そこで花の枝を放り投げてしまえば花は生けられない。その曲がった枝をどう生けるか、瞬時に判断しなければならない。俳句を詠む人にとって自然も言葉も意のままにならない。その意のままにならない自然や言葉と折りあっているうちに思いもかけない句ができることがある。考えてみると、生きてゆくということ自体、意のままにならないことの連続であり、多くの人はそれでも放り投げず、臨機応変に生きているわけだ。人生とはその集積ではなかろうか。

隈の仮名的な建築を象徴しているのが木や竹や紙や石などの風合い豊かな自然素材である。蓬萊の風呂でも紙と木が印象的に使ってある。廊下と脱衣場の境に立つ袋貼りの障子は内部から発光しているかのように柔らかな光を含んでいる。洗い場は簀の子の板。そして、大きな木の湯舟。見上げると、光の透ける白い屋根板を支えているのは格子状に並べた素木の角材である。格子とは間を切りこんだ平面にほかならない。

木と紙の作り出すすがすがしい空間のところどころに建築家はガラスやプラスチックや鉄という異質の素材をはめこんでゆく。七十年前、谷崎が『陰翳礼讃』の中で純日本風の家屋に西洋文明の産物をどう調和させるか、頭を悩ませていたことなど、つかの間の悪夢であったかのようにそれは何の違和感もなく木と紙の空間に溶けこんでいる。和とは本来このようなものだった。明治維新にはじまった近代化の時代に偶像化され、不寛容に陥った和は長い試練ののちにふたたび本来の姿を取り戻しつつあるのではなかろうか。

蓬萊の浴場の白い豆腐のような障子はやがてサントリー美術館では和紙の壁に、屋根の格子は桐の格子に集大成されることになる。その原点のひとつである蓬萊の浴場はささやかな空間ではあるが、ここに隈は間を切り入れ、この国に昔からあった躍動的な和の世界を出現させた。この風呂に浸かっていると、遠い昔に描かれた「日月山水図屏風」の山の中腹に風呂場があって、そこから海原を見わたしているような気分になる。

おわりに

この本『和の思想』を書こうと思い立ったのは五、六年前のことになる。いくつものきっかけがあるが、そのひとつは谷崎潤一郎が昭和八年（一九三三年）に書いた『陰翳礼讃』である。毎年、学生たちと講読しているのだが、この本にも書いたとおり、陰翳の文化が東洋に発達したのは黄色い肌を隠すためであったというくだりにさしかかるたびに学生たちにどのように解説していいか困惑してしまうのだ。

そこで谷崎は白人の白い肌を無条件に美しいものとしてたたえ、東洋人の黄色い肌を醜いものとして蔑んでいる。『陰翳礼讃』は日本文化を論じた近代の名随筆とされているが、その日本文化論は谷崎の心の奥にある西洋への讃美と東洋への侮蔑の上に成り立っている。そうした土台に立って谷崎は東洋は木に竹を接ぐように西洋文明を受け入れざるをえなかったという論を展開する。

谷崎自身、東洋人でありながら、どうしてこのようなやりきれない論を展開しなければならなかったか。しかも私たち日本人はそのような随筆を名随筆として賞讃してきたのか。いいかえると、西洋への讃美と東洋への侮蔑は谷崎だけのものではない。多かれ少なかれ、近代以降の日本人はみな心のどこかに谷崎と同じ憂鬱な屈辱感を隠しもっているのではないか。日本人全体の屈辱感を代弁しているからこそ、『陰翳礼讃』は名随筆なのであり、谷崎は国民的な文豪なのだ。

では、なぜ、こんなことになってしまったか。これはそう簡単に解きほぐせる問題ではない。というのは近代以前、つまり江戸時代までの日本文化を和として固定的にとらえるかぎり、どうしても谷崎と同じく、東洋は木に竹を接ぐように西洋文明を受け入れざるをえなかったという論になるからだ。

そして、あるとき、谷崎のように（谷崎だけでなく日本人の多くが今もなおそう考えているのだが）和を固定的にとらえること自体が誤っているのではないか、和とは本来、そのように固定したものではなく、さまざまな異質のものを共存させる躍動的な力のことではないかと思いはじめた。

和をそのようなものとしてとらえなおすと、たちまちさまざまなことが結びあい、もつれていた何本もの糸がほどけていった。それはこの本に書いたとおりである。そして、なぜ谷崎は（谷崎とともに日本人は）和を固定的なものとして美化するようになったかという歴史的な事情についても私の考えを書いておいた。


ここまでがこの本が生まれた発端についての話である。次にこの本の要点を整理しておきたい。

和とは本来、さまざまな異質のものをなごやかに調和させる力のことである。なぜ、この和の力が日本という島国に生まれ、日本人の生活と文化における創造力の源となったか。これがこの本の主題である。

その理由には次の三つがある。まず、この国が緑の野山と青い海原のほか何もない、いわば空白の島国だったこと。次にこの島々に海を渡ってさまざまな人々と文化が渡来したこと。そして、この島国の夏は異様に蒸し暑く、人々は蒸し暑さを嫌い、涼しさを好む感覚を身につけていったこと。こうして、日本人は物と物、人と人、さらには神と神のあいだに間をとることを覚え、この間が異質のものを共存させる和の力を生み出していった。間とは余白であり、沈黙でもある。

この間を作り出すために切るという方法がとられる。布地を切り、空間を切り、野菜や魚を切るだけでなく、花を切り、思いを切り、言葉を切る。誰でも感じていることだろうが、この切るというしぐさが涼しさと結びついているのはこのためである。

和の力とはこの空白の島々に海を越えて次々に渡来する文化を喜んで迎え入れ（受容）、そのなかから暑苦しくないものを選び出し（選択）、さらに涼しいように作り変える（変容）という三つの働きのことである。和とはこの三つが合わさった運動体なのだ。

ところが、明治維新を迎え、近代化（西洋化）の時代がはじまると、和が本来、躍動的な力であったことは忘れられ、たとえば、和服、和室、和食などというように和を固定したものとしてとらえるようになる。

このような偏狭な和はしばしば弊害をもたらす。ひとつは日本人のよりどころである和を矮小なものにすることによって日本人を自信のない人々にしてしまうこと。もうひとつは和が偶像とされ、神話となって狂信的なナショナリズムを生む土壌となること。相反するかにみえる、この二つは実は表裏の関係にある。いつの時代、どこの国でも、過剰なナショナリズムは人々の自信から生まれるのではなく、追いつめられた人々の不安や恐怖から生まれる。熱狂的なナショナリズムの仮面をはぎとると、そこには必ず自信を喪失した人々の不安な顔がある。

残念なことに近代の日本はこの過ちを二つとも犯してしまった。とくに中国、次いでアメリカとの戦争になだれこんでゆく昭和の前期は自信喪失とナショナリズムの荒れ狂った時代である。その二つを操っていたのは偏狭な和だった。そして、日本が戦争に敗れると、ナショナリズムは下火となったが、自信喪失だけが残った。現代の日本がいかに繁栄しているかにみえようと、日本人の心は今もそのままだ。

この本を読んで、和とはこんなに躍動的なものであったのか、日本人はこれほど創造力あふれる人々であったのかと気がついてもらえれば、その役目は十分、果されたことになる。

最後になるが、この本のために写真を提供してくださった方々に心よりお礼を申しあげたい。おかげで美しい本になった。また、この本の出版にあたって中央公論新社の松本佳代子さんには大変、お世話になった。あわせて御礼を申し上げます。この本が谷崎ゆかりの中央公論新社から出版されることはまことにうれしい。

長谷川　櫂

二〇〇九年五月

長谷川 櫂（はせがわ・かい）

1954年（昭和29年），熊本県生まれ．俳句結社「古志」主宰，朝日俳壇選者，「季語と歳時記の会」代表．東京大学法学部卒業後，読売新聞記者を経て俳句に専念．『俳句の宇宙』でサントリー学芸賞（1990年），句集『虚空』で読売文学賞（2003年）を受賞．2004年から「読売新聞」に詩歌コラム「四季」を連載中．

・句　集『長谷川櫂全句集』（花神社），『新年』（角川書店），『富士』（ふらんす堂）
・随　筆『俳句的生活』（中公新書），『国民的俳句百選』（講談社）
・鑑　賞『四季のうた』第１―３集，『麦の穂』（以上，中公新書）
・俳　論『古池に蛙は飛びこんだか』（花神社），『「奥の細道」をよむ』（ちくま新書）
・入門書『一億人の俳句入門』（講談社），『一億人の季語入門』（角川学芸出版）

和《わ》の思想《しそう》
中公新書 *2010*

2009年６月25日発行

著　者　長谷川　櫂
発行者　浅　海　保

本文印刷　三晃印刷
カバー印刷　大熊整美堂
製　　本　小泉製本

発行所　中央公論新社
〒104-8320
東京都中央区京橋 2-8-7
電話　販売 03-3563-1431
　　　編集 03-3563-3668
URL http://www.chuko.co.jp/

Published by CHUOKORON-SHINSHA, INC.
Printed in Japan　ISBN978-4-12-102010-9 C1292

中公新書刊行のことば

いまからちょうど五世紀まえ、グーテンベルクが近代印刷術を発明したとき、書物の大量生産は潜在的可能性を獲得し、いまからちょうど一世紀まえ、世界のおもな文明国で義務教育制度が採用されたとき、書物の大量需要の潜在性が形成された。この二つの潜在性がはげしく現実化したのが現代である。

いまや、書物によって視野を拡大し、変りゆく世界に豊かに対応しようとする強い要求を私たちは抑えることができない。この要求にこたえる義務を、今日の書物は背負っている。だが、その義務は、たんに専門的知識の通俗化をはかることによって果たされるものでもなく、通俗的好奇心にうったえて、いたずらに発行部数の巨大さを誇ることによって果たされるものでもない。現代を真摯に生きようとする読者に、真に知るに価いする知識だけを選びだして提供すること、これが中公新書の最大の目標である。

私たちは、知識として錯覚しているものによってしばしば動かされ、裏切られる。私たちは、作為によってあたえられた知識のうえに生きることがあまりに多く、ゆるぎない事実を通して思索することがあまりにすくない。中公新書が、その一貫した特色として自らに課すものは、この事実のみの持つ無条件の説得力を発揮させることである。現代にあらたな意味を投げかけるべく待機している過去の歴史的事実もまた、中公新書によって数多く発掘されるであろう。

中公新書は、現代を自らの眼で見つめようとする、逞しい知的な読者の活力となることを欲している。

一九六二年一一月

言語・文学・エッセイ

433 日本語の個性 外山滋比古
1199 センスある日本語表現のために 中村明
1667 日本語のコツ 中村明
1768 なんのための日本語 加藤秀俊
1416 日本人の発想、日本語の表現 森田良行
969 日本語に探る古代信仰 土橋寛
533 日本の方言地図 徳川宗賢編
500 漢字百話 白川静
1755 部首のはなし 阿辻哲次
1831 部首のはなし2 阿辻哲次
1880 近くて遠い中国語 阿辻哲次
742 ハングルの世界 金両基
1833 ラテン語の世界 小林標
1971 英語の歴史 寺澤盾
1212 日本語が見えると英語も見える 荒木博之

1533 英語達人列伝 斎藤兆史
1701 英語達人塾 斎藤兆史
1448 「超」フランス語入門 西永良成
352 日本の名作 小田切進
212 日本文学史 奥野健男
1678 快楽の本棚 津島佑子
1753 眠りと文学 根本美作子
563 幼い子の文学 瀬田貞二
1550 現代の民話 松谷みよ子
1965 男が女を盗む話 立石和弘
1787 平家物語 板坂耀子
1233 夏目漱石を江戸から読む 小谷野敦
1556 金素雲『朝鮮詩集』の世界 林容澤
1672 ドン・キホーテの旅 牛島信明
1798 ギリシア神話 西村賀子
1933 ギリシア悲劇 丹下和彦
1254 ケルト神話と中世騎士物語 田中仁彦

1062 アーサー王伝説紀行 加藤恭子
1610 童話の国イギリス ピーター・ミルワード 小泉博一訳
275 マザー・グースの唄 平野敬一
458 道化の文学 高橋康也
1790 批評理論入門 廣野由美子
1734 ニューヨークを読む 上岡伸雄
2002 ハックルベリー・フィンのアメリカ 亀井俊介
338 ドストエフスキイ 加賀乙彦
1757 永遠のドストエフスキー 中村健之介
1774 消滅する言語 デイヴィッド・クリスタル 斎藤兆史・三谷裕美訳